ごんげん長屋
つれづれ帖【六】

菩薩の顔

金子成人

双葉文庫

目次

第一話　貸家あり　9
第二話　鶴太郎《つるたろう》災難　81
第三話　身代わり　148
第四話　菩薩《ぼさつ》の顔　210

ごんげん長屋・見取り図と住人

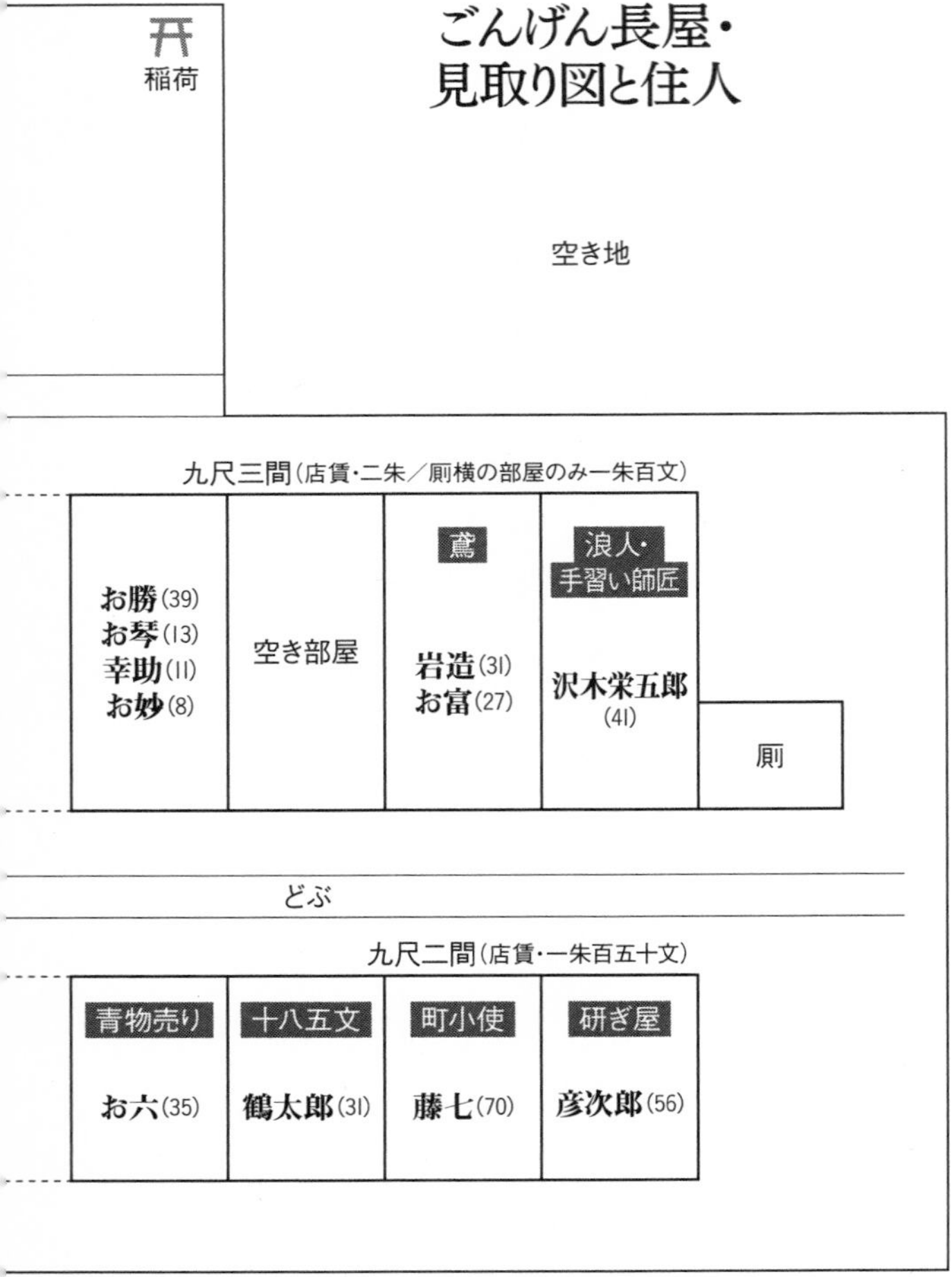

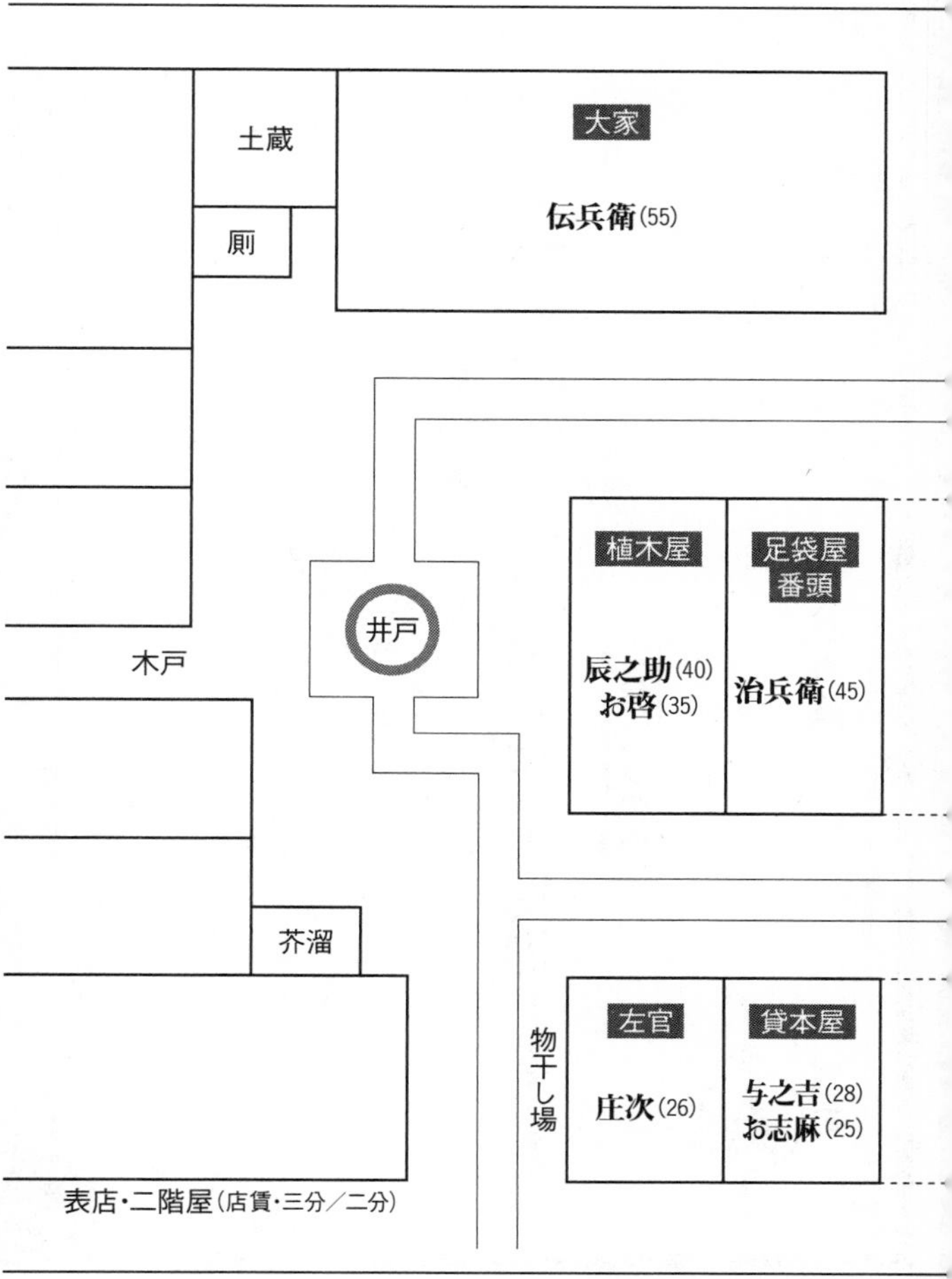

土蔵
大家
伝兵衛(55)
厠
井戸
木戸
植木屋
辰之助(40)
お啓(35)
足袋屋番頭
治兵衛(45)
芥溜
物干し場
左官
庄次(26)
貸本屋
与之吉(28)
お志麻(25)
表店・二階屋(店賃・三分／二分)

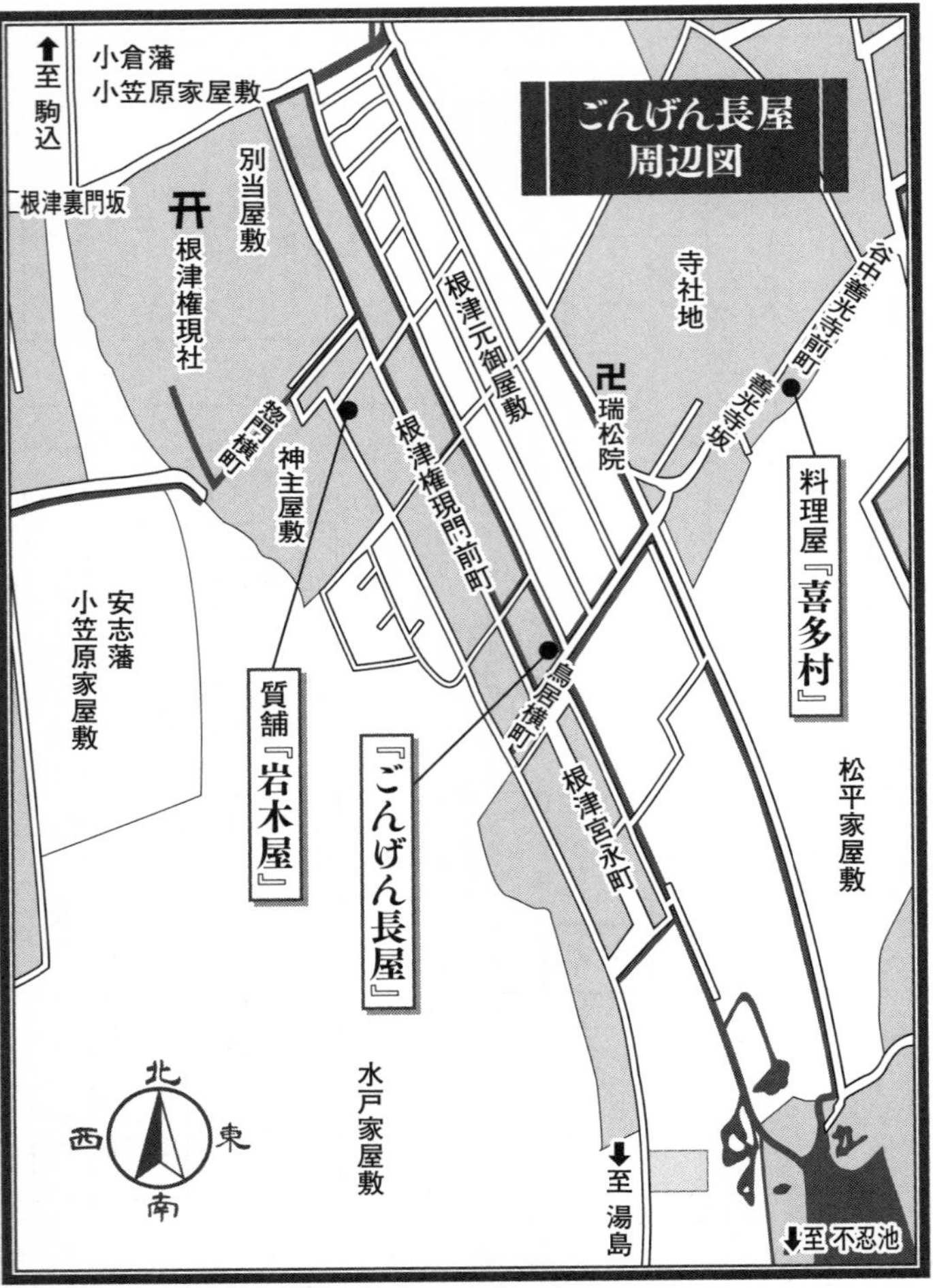
ごんげん長屋
周辺図
至 駒込
小倉藩
小笠原家屋敷
根津裏門坂
別当屋敷
根津権現社
惣門横町
神主屋敷
根津元御屋敷
根津権現門前町
寺社地
瑞松院
谷中善光寺前町
善光寺坂
料理屋『喜多村』
質舗『岩木屋』
『ごんげん長屋』
鳥居横町
根津宮永町
安志藩
小笠原家屋敷
松平家屋敷
水戸家屋敷
至 湯島
至 不忍池
北
西
東
南

ごんげん長屋つれづれ帖【六】

菩薩《ぼさつ》の顔

第一話　貸家あり

一

六日前、江戸は秋になった。

日は西に傾《かたむ》き始めたものの、根津権現門前町《ねづごんげんもんぜんちょう》の大通りに降り注ぐ日射《ひざ》しは夏となんら変わりはない。

暦《こよみ》が替わったからといって陽気が一変するわけでもなく、通りを行《ゆ》き交《か》う人々の装《よそお》いは夏のままである。

青磁色《せいじいろ》の単衣《ひとえ》を身に纏《まと》ったお勝《かつ》は、素足に履いた下駄《げた》の音を響かせながら、根津権現社の方へと向かっている。

ほんの少し前から、手にしていた質草《しちぐさ》の主や品名、それに預かり期限を記した『預かり帳』を顔の左側に掲《かか》げて、本郷《ほんごう》の台地の方からの日射しを避けながら歩《ほ》を進めていた。

季節の変わり目ともなると、お勝が番頭を務《つと》める質舗《しちほ》『岩木屋《いわきや》』は、質草の出し入れが多くなるのだが、中には、質入れしていたことを忘れている連中もいる。

そんな客の家を訪ねて、質草の預かり期限が迫っていることを知らせて回るのだ。

質入れの客の多くは根津界隈《かいわい》や谷中《やなか》、駒込千駄木町《こまごめせんだぎちょう》辺りの住人なのだが、上野《うえの》や本郷、湯島《ゆしま》などに住む武家勤めの者が、近隣の眼を避けて、根津権現門前町の『岩木屋』に足を延ばして質入れすることもあり、こういった客回りは半日仕事になることも珍しくない。

風が流れるたびに、サラサラと笹《ささ》の葉のこすれる音が表通りに流れていた。

通りの両側の家々の軒端《のきば》に立てられた、いくつもの笹竹《ささたけ》に結ばれた短冊《たんざく》も風に揺れたり翻《ひるがえ》ったりしている。

そんな光景が根津権現社の方まで続いている文政《ぶんせい》二年（一八一九）の七月七日である。

お勝が住む『ごんげん長屋』でも、今朝早く、大家の伝兵衛《でんべえ》と住人の一人である植木職の辰之助《たつのすけ》の手によって、木戸口に七夕《たなばた》飾りの竹が立った。

その竹の枝には、住人たちの願いなどが書かれた短冊が下げられていたが、朝の慌《あわ》ただしさに取り紛《まぎ》れて、お勝は短冊の文言を見る間もなく『ごんげん長屋』をあとにしたのだった。

〜いもいもいもいも、芋屋《いもや》さん
　お芋は一升いくらじゃえ
　二十四孝《にじゅうしこう》でございます
　十六羅漢《じゅうろくらかん》に負けさんせ〜

笹のこすれる音に交《ま》じって、女の子たちの声が通りに流れた。

二十四文の芋を十六文にしておくれという遊び歌を、幼《おさな》い時分に歌った覚えのあるお勝は、歩きながら、つい口ずさんでしまった。


根津権現門前町にある質舗『岩木屋』は、根津権現社の南端の角地にある。

『岩木屋』の西側には根津権現社地があり、そこに神主屋敷《かんぬしやしき》が建っていた。

神主屋敷の西は播磨国安志《はりまのくにあんじ》藩、小笠原《おがさわら》家下屋敷の広大な敷地があり、その先には本郷の台地へと上る坂道が延びている。したがって、上野東叡山《うえのとうえいざん》から続く谷中の台地と本郷の台地の谷間にある根津権現門前町は、他所《よそ》よりも早く日が翳《かげ》る。

「ただいま戻りました」

お勝が、『岩木屋』の表から土間に足を踏み入れたのは、七つ（午後四時頃）の鐘《かね》が打ち終わった直後だった。

「お帰りなさい」

板の間で紙縒《こよ》りを縒《よ》っていた手代《てだい》の慶三《けいぞう》が声を掛けると、

「お帰り」

帳場の机に着いて帳面を見ていた主《あるじ》の吉之助《きちのすけ》が、顔を上げた。

土間に履物を脱いで板の間に上がったお勝は、

「帳場に座っていただいて、ありがとう存じました」

吉之助の前で軽く頭を下げた。

「なんの。うちの仕事なんだから、たまには役に立たないとね」

笑って帳場を立った吉之助は、慶三の近くに腰を下ろして、紙縒り縒りに加わった。

吉之助に代わって帳場机に着いたお勝は、『預かり帳』を帳場格子《ちようばごうし》に下げた。

「番頭さんが出てからは、質草の請《う》け出しが三件と、昼過ぎに、『損料貸《そんりようが》し』の蚊帳《かや》が二張り戻ってきたんで、その名を紙に書いて帳場の机に」

吉之助からの報告に、

「恐れ入ります」

軽く頭を下げたお勝は、机に置いてあった紙切れを手に取った。

吉之助が口にした『損料貸し』というのは、『岩木屋』の蔵に眠る品々の貸し出しのことである。

質入れしたものの、金の工面《くめん》がつかずに質草を請け出せない客は、少なくない。

請け出されずに蔵に溜《た》まった質草の中には、捨てるには惜しい品々もある。

そんな質流れの品を、貸し賃である損料を取って貸し出すのを『損料貸し』という。『岩木屋』では、役所の許しを得たうえで質屋と『損料貸し』を兼ねていた。

貸し出す品は、大八車《だいはちぐるま》や餅搗《もちつ》きの臼《うす》や杵《きね》、刀剣や瀬戸物《せともの》、屛風《びょうぶ》に衝立《ついたて》、火鉢《ひばち》、炬燵櫓《こたつやぐら》などの季節の道具は無論のこと、塗りの膳《ぜん》、酒器、着物や夜具《やぐ》、褌《ふんどし》に至るまで揃《そろ》っている。

それらを一日だけ貸すこともあれば、季節の衣類や道具類のひと月貸し、半年貸しにも応じているのだ。

「ごめんよ」

戸を開けて表から土間に入ってきたのは、根津権現門前町の目明《めあ》かし、作造《さくぞう》である。すぐ後ろには、下っ引きの久助《きゅうすけ》が従っていた。

「おいでなさいまし」

吉之助が笑みを向けると、

「見回りですか」

帳場からお勝が声を掛ける。

「南町《みなみまち》奉行所《ぶぎょうしょ》の佐藤《さとう》様から、お尋ね者の人相書が二枚届いたから、『岩木屋』さんにも貼ってもらおうと思ってね」

「ほう、盗品売りですか」

そう言いながら帳場の机を離れたお勝が、吉之助と慶三の近くに膝《ひざ》を揃えた。

「そういうことだよ」

お勝の問いかけに返答した作造は、久助が差し出した二枚の書付を受け取り、お勝や吉之助たちの前に置いた。

質屋は、古着、古鉄《ふるがね》、古道具、唐物屋《からものや》などとともに、奉行所監察を要する八品《はっぴん》商《しょう》のひとつであり、奉行所の同心《どうしん》や土地の目明かしが情報の収集や取り締まりのために立ち寄ることは、日常茶飯のことだった。

「以前貼ってもらっていた人相書だが」

作造はそう言うと、帳場の背後の板壁に向き、

「右端のお尋ね者は、十日前に死んだから、剝《は》がしてくれて構わないよ」

帳場の板壁に貼られていた三枚の人相書を指さした。

「わたしが」

腰を上げた慶三は、板壁に貼られていた三枚の人相書の、右端の紙を剝がして戻ると、作造に手渡した。

「この富五郎《とみごろう》って爺さんは、仏像の偽物《にせもの》作りの名人と言われてたんだよ。仏像といっても、高さにして一尺（約三十センチ）かせいぜい二尺（約六十センチ）くらいの、由緒《ゆいしょ》ある仏像の贋作《がんさく》を作るんだが、二、三百年前に作られたと思わせるくらい、古さを出す名人なんだそうだ。けど十日前、金色《こんじき》の仏像を抱えたまま寺の境内《けいだい》で死んでたそうだよ」

手にした人相書を見ながら、作造はしんみりとした声を出した。

「死んだといいますと」

声を低めた吉之助が身を乗り出すと、

「石段の下で転がっていた死骸の頭にゃ裂けた傷痕《きずあと》があったというから、石段を踏み外して転げ落ちたときに、頭を打ったに違いないということだ」

「金色の仏像といいますのは」

興味を抱いた吉之助がさらに聞くと、

「お調べに当たったお役人様によれば、贋作の手本にしようと盗み取ったあと、石段で足を踏み外したようだよ」

作造はそう答え、

「罰《ばち》が当たったかね」

人相書を四つに畳《たた》み、ため息をついて懐《ふところ》に差し込んだ。

「こっちの盗品売りは、名がありませんね」

板の間に置かれた人相書に見入っていた慶三が呟《つぶや》くと、

「罪名、盗み。名、たびたび使い分けており、特定ならず。使用せし名、鎌次《かまじ》郎《ろう》、伝三《でんぞう》、仲之助《なかのすけ》など。年、二十五、六。顔形、顎骨《あごぼね》張り出し、角ばった相。眉《まゆ》太し。鼻高くなく、一重瞼《ひとえまぶた》。顎下、小豆大《あずきだい》、黒子《ほくろ》あり。背丈《せたけ》、五尺三、四寸（約百五十九から百六十二センチ）。細身。入れ墨《いずみ》なし」

片方の人相書の文言を独り言のように口にした。

「慶三さん、その二枚は、今剝がしたところとその横に貼っておくれ」

「はい。それじゃ番頭さん、糊《のり》をお借りします」

お勝に返答した慶三は、帳場に座ると、机の上に載せてある小さな木箱の蓋《ふた》を開けた。

箱の中には、炊《た》いた米粒を潰した糊が入っている。

その糊を新たな二枚の人相書の裏面につけた慶三が、以前から板壁に貼ってある人相書と並べて貼りつけた。

「前の二枚の人相書を貼ってから、もう三月《みつき》になりますが、まだ捕まらないようですね、親分」

板壁の人相書を眺《なが》めた吉之助が、ため息交じりに口を開いた。

「以前貼ってもらったお尋ね者二人は、派手な盗みはしねぇんですよ。十両以上の物を盗《と》れば死罪になると知っているから、用心してやがるようでしてね」

作造は、四枚になった人相書を見やると、憎々しげな物言いをした。

「けどまぁ、盗品をうちに持ち込んだら、番頭さんの眼は誤魔化《ごまか》せませんから、そのときはすぐにお知らせに上がります」

「はい」

吉之助の言葉に同調して声を発したお勝は、作造に頭を下げた。

「ですが、盗み稼業をしている連中なら、馴染《なじ》みの故買屋《こばいや》に持ち込むような気もしますが」

慶三が控えめに不審を口にすると、

「そういうこともありますが、昨日今日盗人《ぬすつと》になった野郎には、まだそんな伝手《つて》はありませんよ」

下っ引きの久助が自信ありげに頷《うなず》いた。

「ともかく、質屋は頼みの綱《つな》のひとつだ。『岩木屋』さん、頼みましたよ」

作造がそう口にして腰を上げると、吉之助ら『岩木屋』の三人は畏《かしこ》まって頭を下げた。

「そうそう」

戸口へと行きかけていた作造が、思い出したように声を出して足を止めた。

「さっき、『ごんげん長屋』の木戸口に、〈貸家あり〉の紙が貼り出してあったが、誰か出ていったのかい」

「なんの。以前からひとつは空き家になっていたんですがね、人が住まないと部屋が傷《いた》むというので、貼り出したんですよ」

「なぁるほど」

作造は、お勝の返事に得心して頷くと、久助を従えて表へと出ていった。

お勝が住む『ごんげん長屋』は、正式には『惣右衛門店《そうえもんだな》』と言った。

人が住まないと家が傷むからだと作造には答えたが、〈貸家あり〉の紙を貼り出したわけは他にもあった。

一棟《むね》六軒の棟割長屋《むねわりながや》が二棟あるから、十二軒だが、七、八年前から、なぜか一軒だけ、借り手が現れなかったのだ。

昨年の暮れから今日まで、転居があったり、住人同士で夫婦になったりして、件《くだん》の一軒こそ埋まったものの、依然《いぜん》として、一軒の空き家が残っているのである。

家主の惣右衛門は、谷中善光寺前町《やなかぜんこうじまえまち》で料理屋『喜多村《きたむら》』を営んでいるから、儲《もう》けようというつもりの貼り紙ではない。

空き家のままにしておくと、また〈あの空き家には何か曰《いわ》くがある〉とか〈何かに祟《たた》られている〉との噂《うわさ》が流れかねないので、なんとかそれを避けたいというのが、惣右衛門と大家の伝兵衛の狙いに違いなかった。

二

根津権現門前町の表通りを不忍池《しのばずのいけ》の方に歩を進めてきたお勝は、『ごんげん長屋』へと通じる小路《こうじ》の入り口で足を止めた。

小路の両脇は『井筒屋《いづつや》』という小間物屋《こまものや》と蠟燭屋《ろうそくや》があり、『ごんげん長屋』の〈貸

家あり　ごんげん長屋〉の貼り紙は、『井筒屋』の板壁に貼られていた。

その貼り紙を一瞥《いちべつ》したお勝は、様々な形の名札の掛かった木戸の柱に立てられた、七夕飾りの笹竹を見上げた。

仕事を終えたあと、簡単な片付けを済ませて『岩木屋』を出たから、刻限は暮《く》れ六《む》つ（午後六時頃）まであと四半刻《しはんとき》（約三十分）という頃おいである。

日没前なので、界隈は結構明るい。

今朝、出がけに見られなかった短冊の〈願いごと〉を見てみようと思ったのだが、ヒラリヒラリと短冊が揺れて、文字が読み取れない。

読むことを諦《あきら》めたお勝は、小路を奥へと進む。

すると、『ごんげん長屋』の井戸端《いどばた》の方から、何ごとかやりとりをしている住人たちの賑《にぎ》やかな声が聞こえてくる。

「ただいま」

お勝が声を掛けると、井戸端にいた住人たちから、口々に「お帰り」の声が飛んできた。

植木職の辰之助の女房、お啓《けい》、それに青物《あおもの》売《う》りのお六《ろく》、九番組『れ』組の火消し、岩造《いわぞう》の女房のお富《とみ》が水を桶《おけ》に汲《く》んだり、笊《ざる》や桶を洗ったりしている姿があった。その傍《そば》では、お勝の娘のお琴《こと》とお妙《たえ》が菜《な》っ葉《ぱ》を切っており、近くの物干し場に置かれたふたつの樽《たる》に腰掛けた藤七《とうしち》と彦次郎《ひこじろう》は、のんびりと煙草《たばこ》の煙をくゆらせている。

「お勝さん、七夕の短冊は見たかい」

「まだ、ちゃんとは見ていないんだよ」

お勝がお啓に返答すると、

「道端に落ちた十両を拾いたいって短冊を下げたのは誰かって、さっきからそのことで盛り上がっていたんですよ」

お富が密《ひそ》やかな声を出した。

「十両拾いたいのは、誰にだって当てはまると思うがねぇ」

そう口を挟んだのは藤七である。

するとお富がすぐに頷いて、

「誰かが腹いっぱい饅頭《まんじゅう》を食いたいって書いてたけど、十両もあれば二、三年は饅頭で暮らしていけるね」

そう言うと、ふふふと鼻で笑った。

「饅頭はともかく、十両もあれば、ここの一年分の店賃《たなちん》を払ったうえに、江戸の名だたる料理屋に三、四日通い詰めても釣りが出るでしょうよ」

　お勝も十両の話に乗った。

「店賃ていえば、空き家の貼り紙を見たっていう連中が二組、伝兵衛さんに連れられてきたがね」

　彦次郎がそう言うと、

「でもね、わたしはあの人たち、ただの冷やかしだと思うけど」

　お琴はそう断じた。

「お琴ちゃんの言う通り、二人連れの男なんか、曰くのある空き家を見てみたいっていうただの見物人でしたよ」

　お啓が厳しい物言いをすると、

「そうそう。空き家にはお化けが出るのかとか、しつこかったもの。だってね、祟られてるという噂があった家に住んでるけど、お化けなんか出たことないってお六さんが言うと、若い二人連れが――」

　そこまで口にしたお琴が、はっとして言葉を呑《の》み込んだ。

「どうしたの」

「ううん」

お妙に尋ねられたお琴が困ったように顔を伏せると、

「お琴ちゃん、何もわたしに気を使うことはないんだよ」

笑みを浮かべたお六が、口を挟んだ。

「でも」

お琴が呟くとすぐ、お六が、

「わたしが寝起きしている家には、これまでお化けが出たことはないって言ってやったんですよ。そしたらその二人、わたしの顔を見て、『妖怪が出た』って、笑いやがったんですよ」

忌々《いまいま》しげな声を吐き出した。

「そんな野郎が来たのかい」

どすの利《き》いた声を出すと、藤七は煙管《きせる》を叩いて煙草の滓《かす》を落とす。

「その前に来た学者風の男なんか、子供三人いるお勝さんの家とわたしら夫婦者の家に挟まれてちゃうるさいに決まってるから、ここには住まないなんて、やけに高飛車《たかびしゃ》な物言いをして帰っていったよ」

お富が小鼻を膨《ふく》らますと、

「そんな奴らは、こっちから願い下げだよっ」

珍しく伝法《でんぽう》な物言いをしたお啓に、彦次郎やお六たちから、「そうだそうだ」と同調の声が上がった。

「こりゃ、皆さんお揃いで」

そんな声を発しながら井戸端にやってきたのは、大家の伝兵衛だった。

「こちらが、空き家を見たいとお言いでしてね」

伴《ともな》っていた小簞笥《こだんす》を背負った若い男を手で指し示すと、

「ささ、こちらへ」

先に立った伝兵衛は路地に入っていき、左の棟の四軒目の戸を開けて、若い男と共に土間に入り込んだ。

「晩の支度は済んだのかい」

お勝がお琴に問いかけると、

「あとは、味噌汁《みそしる》だけ」

お妙が、菜っ葉を載せた笊を持ち上げた。

「それじゃ、日のあるうちに支度をしてしまおう」

お勝の声に、お琴とお妙は「わかった」「うん」と返答すると、それぞれが菜っ葉と水桶《みずおけ》を手にして、お勝の先に立って井戸端を離れた。

お勝の家は、井戸端から三軒目の、たった今、伝兵衛が男を案内した隣である。

「お住みになるのは、あなた様で？」

「そうなんですがね」

お琴の味噌汁作りに手を貸すお勝と、並べた箱膳《はこぜん》に箸《はし》などを置いているお妙たちの耳に、伝兵衛と若い男のやりとりが壁を通して届いた。

「こっちが、母親と三人のお子たちの住まいで、奥の方が、九番組『れ』組の火消し人足《にんそく》の夫婦者でしてね」

「なるほど」

若い男の声がするとすぐ、戸の閉まる音がした。

どうやら、隣家から出たようだ。

「明日、もういっぺん明るいうちに来て、家の中やこの界隈をじっくり見て回ってからのことにしますので。皆さん、時分時《じぶんどき》にどうもお騒がせしまして」

若い男が、井戸端に残っている住人に丁寧《ていねい》な物言いをする声が届くと、

「それじゃ、お待ちしております」

伝兵衛の応《こた》える声も聞こえた。

「若いのに、腰が低くてしっかりしてるよ」

弾《はず》むようなお啓の声が届いた。

「おや、幸《こう》ちゃん、今お帰りかい」

「うん。今、出ていった人はなんだい」

お富に返事をした幸助《こうすけ》は、木戸の辺りで小簞笥の男を見かけたのかもしれない。

「『ごんげん長屋』の住人になるかもしれないお人だよ」

「大家さん、あの男は来ないと、わたしは見ますがね」

やけにはっきりと断言したお六の声が井戸端から聞こえた。

「ただいま」

幸助が、夕餉《ゆうげ》の支度で慌ただしい家の中に飛び込んできた。

「幸ちゃん、七夕飾りの短冊に『すきなだけまんじゅうをたべたい』って書いたでしょ」

お妙が、支度の手を止めることなく平然と問うと、

「し、知らない」

幸助はその場に立ちすくむ。

「じゃ、お饅頭はいらないってことね」

お妙が冷ややかな物言いをした。

すると、

「え。おっ母さん、短冊見て、饅頭買ってくれたのかい」

喜色《きしょく》を浮かべた幸助は、流し近くにある茶簞笥《ちゃだんす》の戸を開けた。

「ないじゃないか」

茶簞笥の中を見回した幸助が、お妙を睨《にら》んだ。

「やっぱり、饅頭お願いしたの幸ちゃんじゃない」

お妙の声に、幸助は唇《くちびる》を嚙《か》んで項垂《うなだ》れる。

「お妙、もうおやめよ。幸助、好きなだけは買えないけど、饅頭なら明日にでもおっ母さんが買っておくよ」

「幸ちゃん、よかったじゃない」

お琴の呼びかけに、幸助はさらに顔を伏せた。


質舗『岩木屋』の板の間に、一幅《いっぷく》の軸《じく》が広げられている。

山間《やまあい》に枝を伸ばしている松の木や竹林で遊ぶ子供らを描いた墨絵《すみえ》を、お勝と慶三は、先刻から身を乗り出して見ていた。

七夕の翌日の午後である。

板の間の框《かまち》には、染みのついた袴姿《はかますがた》の浪人が腰掛けて、お勝や慶三の顔色をちらちらと窺《うかが》っている。

浪人が水墨画《すいぼくが》を持ち込んだのは、裏の台所で簡単な昼餉を済ませたお勝が、帳場に戻ってきた直後だった。

「家宝の絵を売りたい」

年の頃、四十半ばの浪人は、尊大な物言いをして、板の間に軸を延べたのである。

「当家の言い伝えによれば、これは、かの雪舟《せっしゅう》の手になるものだが、どうだ」

浪人は、お勝と慶三の反応がないのに焦《じ》れたように、声を発した。

「この絵は、いかほどで手に入れられましたので？」

お勝が丁寧な物言いをすると、

「何を申すか。これは家宝ゆえ、代々当家に伝わる逸品《いっぴん》である。買い求めた物ではないっ」

「代々と申されますと」

お勝は、こめかみに青筋を立てて抗弁した浪人に対し、依然として穏やかに問いかける。

「無論、室町《むろまち》の昔からじゃよ。そこに『雪舟筆《せつしゅうひつ》』という銘《めい》があるじゃろう。質屋を商《あきな》う者なら、雪舟の名くらい知っておろうが」

「ですが、ご浪人様。この軸は、わたしどもではお預かりできかねます」

そう口にしたお勝が、小さく頭を下げた途端、

「何っ」

浪人は背筋を伸ばし、威嚇《いかく》するように両眼を剝《む》いた。

「この『雪舟筆』と書かれた銘をよくご覧ください。名人雪舟であれば、かような銘を残さないかと」

「なんだと」

土間に立った浪人は、お勝に向かって肩を怒らせた。

「いかにも稚拙《ちせつ》な筆遣《ふでづか》いで、しかもなぞった跡さえ窺えます。そのうえ、ここに天文《てんぶん》元年（一五三二）壬辰《みずのえたつ》とありますが、雪舟が亡くなったのは、その三十年ほど前の永正《えいしょう》年間と聞いております」

お勝が質入れを断る理由を語り始めると、鼻息を荒くした浪人は慌てて軸を巻き取り、入れてきた桐《きり》の箱に放り込んで小脇に抱え、

「こんなところに誰が預けるかっ」

浪人は、お勝が話し終えると同時に、捨て台詞《ぜりふ》を残してバタバタと表へと飛び出していった。

「戸ぐらい閉めて行きゃいいのに」

慶三が呟きながら腰を上げると、

「番頭さん、布団一組、車に積みましたよ」

開いていた戸の間から顔を突き出して、店の中に声を掛けたのは車曳《くるまひ》きの弥《や》太郎《たろう》である。

「それじゃ慶三さん、あとを頼みますよ」

そう言いながら、お勝は腰を上げた。

弥太郎の曳《ひ》く布団を積んだ大八車は、根津権現門前町の表通りを南へと向かっている。

布団の届け先は、『ごんげん長屋』である。

「損料貸しの布団を一組、届けていただきたい」

今日の昼前、『岩木屋』に現れた大家の伝兵衛から、お勝はそんな依頼を受けていたのである。

伝兵衛の話によれば、昨日、小簞笥を背負って空き家を見に来た若い男が今日の朝方やってきて、

「ここでの暮らしぶりを試したいので、長屋で三、四日寝起きをしたいのだが」

そう持ちかけられたということだった。

お勝と弥太郎は、その男が使う布団と上掛《うわが》けを運んでいるのだ。

「お勝さん、何ごとだね」

そんな声を掛けたのは、居酒屋『つつ井《い》』の表で水を撒《ま》いていたお運び女のお筆《ふで》である。

「『ごんげん長屋』の住人になるかもしれない若い衆が、三、四日空き家に泊まるらしいんだよ」

お勝が返答すると、

「酒や食い物なら『つつ井』にかぎると勧めておくれよ」

四十半ばのお筆から、野太い声が返ってきた。

「わかった」と手を挙げて応えたお勝は、弥太郎の持つ梶棒《かじぼう》に片手を添えて、『ごんげん長屋』の小路へと大八車を導く。

井戸端の近くに大八車を止めると、布団一組を軽々と抱えた弥太郎の先に立っ

て路地に進んだお勝は、空き家の戸を開ける。

「板の間に置いてくれていいから」

「へい」

弥太郎は、抱えた布団を半分に折ると、戸の隙間《すきま》から土間に入り、板の間に置いた。

「あ、来たんだね」

お勝の家から、襷掛《たすきが》けをしたお琴が出てくると、向かいの棟の藤七の家から、お富とお啓、それに藤七と彦次郎まで路地に出てきた。

「藤七さんのとこで、お茶を呼ばれてたてね」

笑みを浮かべたお啓がそう言った直後、

「布団が届きましたね」

駆けつけた伝兵衛が、小さく「ふう」と息を吐いた。

「じゃ、番頭さん、わたしは一足先に戻ります」

「そうしておくれ。わたしもおっつけ帰りますから」

お勝がそう言うと、弥太郎は頷いて、表通りの方へと歩き去った。

「だけど大家さん、朝一番に駆けつけた空き家探しの連中は、断ってよかったたんじゃありませんかねぇ」

　お啓は空き家を覗《のぞ》き込みながら、冷ややかな物言いをした。

「ほう、今日もそんな連中が来ましたか」

　お勝が呟くと、藤七はすぐに、

「二組来たんだがね、一人は、というより、若い男女の一組は、どう見ても訳ありという風情《ふぜい》でね」

　と、述べた。

「あれは、どう見たってお店《たな》の娘とそこの奉公人だ。逢瀬《おうせ》の場所を探しに来たに違いないね」

　藤七の話を引き継《つ》いだお富は、自信たっぷりにそう言い切った。

「お富さん、逢瀬って何」

　お琴が口を挟むと、お勝をはじめ、その場にいた大人たちは口ごもった。

「逢瀬はともかく、もう一人の男は熱心な噺家《はなしか》でね。どうやら、家人や弟子たちのいる家を離れて稽古《けいこ》に打ち込みたいと言うんだが、わたしはそれも断りましたよ」

　そう言うと、伝兵衛は大きく頷いた。

「ほら、稽古熱心ということは、家にいるときも一人になったときも、始終べらべらと喋《しゃべ》り続けるに違いないじゃないか」

「そそそ。それじゃ隣に住むわたしやお勝さんたちが可哀相《かわいそう》だと、大家さんが気を利かせてくれたんですよ」

お富は、お啓の話に大袈裟《おおげさ》に同調すると、ことさら声を張り上げた。

「ねぇ、逢瀬ってなんなの」

お琴が、またしても先刻の不審を口にした。

「大家さん、熱心な噺家さんを断っていただいて、隣に住むわたしらは助かりましたよ」

お勝は、お琴の声が聞こえなかったかのように、伝兵衛に頭を下げた。

すると、

「ほんとですよぉ」

お富まで大声を張り上げて、お勝の尻馬に乗った。

三

西日は本郷の台地に沈んだばかりで、『ごんげん長屋』のお勝の家には夕日の名残《なごり》が満ちていた。

幸助と並んで箱膳に着いているお勝の向かいには、お琴とお妙が並んで箸を動かしている。

四半刻くらい前まで、二棟が向かい合う路地には煮炊《にた》きをする煙と匂いが立ち込めていたのだが、それも今は薄れていた。

大方の住人は、家で夕餉を摂《と》っているに違いない。

「だけど、お琴は日ごとに腕を上げているんだね」

南瓜《かぼちゃ》の煮物を飲み込むと、お勝は思わず声に出した。

「ほんと？」

箸を止めたお琴は、素直に笑みを浮かべた。

「あぁ、ほんとだよ」

正直な感想を口にしたのだが、お琴が『逢瀬』の一件には気を留めていない様子に、お勝は安堵《あんど》の笑みを洩《も》らした。

「冷奴《ひややつこ》に紫蘇《しそ》とわかめも美味《うま》い」

めったに褒《ほ》めない幸助は、愛想《あいそ》のない言い方をするのだが、口に出すだけ、それは本心からだと言えた。

「茄子《なす》と油揚《あぶらあ》げの味噌汁は、お妙も手伝ってくれたのよ」

お琴がそう言うと、お妙は箸を止め、お勝の反応を窺うように上目遣《うわめづか》いをした。

「味噌の塩梅《あんばい》がいいよ」

お勝が偽《いつわ》りのない感想を口にすると、

「うん」

お妙は満足げに頷き、やおら箸を動かした。

「担《かつ》ぎ商いの小間物売りだってさ」

突然、なんの前触れもなく、幸助が口を開いた。

「いきなりなんなのよ」

お妙が年上の幸助を窘《たしな》めた。

「ほら、試しに、隣で三、四日暮らすっていう、昨日の人」

「あぁ。今日、布団運んできて『岩木屋』さんに戻ったあと、その人が挨拶《あいさつ》に見えたのよ。おっ母さんは夕方にならないと帰りませんって言ったら、湯屋《ゆや》に行くって」

お琴が幸助の言うことに補足すると、

「多分、『はは、ら湯《ゆ》』だ」

茶碗の飯を掻《か》き込みながら、幸助も付け足す。

「ちゃんと、『たから湯』って言いなさいね」

「うるさいなぁ、いちいち」

幸助がお妙を睨みつけたとき、

「えぇ、お勝さんはお帰りでしょうか」

戸口の外から男の声が掛かった。

「はい、どうぞ」

お勝が箸を置いて返答すると、戸が開いて、昨夕空き家を見に来た若い男が頭を下げて土間に足を踏み入れた。

「こりゃ、夕餉時に申し訳ありません」

男は、土間の近くに膝を揃えたお勝に、丁寧に腰を折る。

「わたしは米助《よねすけ》と申しまして、今日から三、四日隣で寝泊まりをさせていただくことになりましたので、ご挨拶に」

「それはご丁寧に、恐れ入ります。この通り、子供が三人おりますんで、うるさいこともあろうかとは思いますが、そのときは叱《しか》りつけてくださいまし」

「なぁに、子供は騒ぐのが商売みたいなもんですから、あっしゃ一向に気にしませんので」

米助は笑って、右の手を左右に打ち振った。

「わたしたち、そんなに騒がないわよ」

お妙が小声で異を唱《とな》えると、幸助が「うん」と同意した。

「実は今夜、何人かの住人に集まっていただきまして、『ごんげん長屋』の取り決めとか、近隣の様子などをお聞きすることになりました。酒と肴《さかな》も用意しますんで、もしよかったら、向かいの藤七さんの家においでください」

米助は、深々と腰を折った。


藤七の家は、お勝が住む家とはどぶ板の嵌《は》まった路地を挟んだ向かい側にある。

藤七の家に集まったのは、藤七をはじめ、米助、彦次郎、沢木栄五郎《さわきえいごろう》、岩造、お六である。

お勝は、夕餉の後片付けが終わる間際まで、集まりに行くかどうか決めかねていたのだが、

「どんな人かを知りたいなら、どんな話をするのか見た方がよくわかるって、以前、おっ母さんが言ったことあるじゃないの」

お琴からそんな後押しがあったので、ほんの少し前に駆けつけていた。藤七の家にあった行灯《あんどん》と、彦次郎が持ち込んだ行灯の明かりで、集まった人の顔はよく見える。

車座《くるまざ》になった七人の前には、二合徳利《にごうどつくり》が二本とするめや炙《あぶ》った片口鰯《かたくちいわし》、茄子や胡瓜《きゆうり》の漬物《つけもの》の盛られた小鉢《こばち》と小皿が並んでいる。

「お勝さんが来る前に、どこに誰が住んでるかは話しておいたよ」

藤七が口を開くと、

「この棟は、井戸の方から順に、左官《さかん》の庄次《しようじ》さん、隣が貸本屋《かしほんや》の与之吉《よのきち》さんとお志麻《しま》さん夫婦、その隣がお六さんでしたね」

「そうそう」

お六が米助に相槌《あいづち》を打った。

「お六さんの隣が十八五文《とおはちごもん》の鶴太郎《つるたろう》さん、そして藤七さん、一番奥が研《と》ぎ師《し》の彦次郎さん」

米助は虚空《こくう》に指を立てると、思い出しつつ名を口にし、

「で、向かいの棟が、井戸の方から植木職の辰之助さんとお啓さん夫婦、足袋屋《たびや》の番頭の治兵衛《じへえ》さん、そして、お勝さん一家、その隣が空き家で、ここの向かい

が――」

「おれと、かかぁのお富の塒《ねぐら》だ」

そう言うと、岩造は酒の入っている湯呑《ゆのみ》をくいっと呷《あお》った。

「はい。九番組『れ』組の火消しの岩造さん夫婦、その奥にお住まいなのが、手跡指南所《しゅせきしなんじょ》の師匠をなすっておいでの沢木栄五郎さん」

「さよう」

栄五郎は、すべての住居を言い終えた米助に頷いた。

「お六さんの隣の与之吉さんとお志麻さんは、別々の家に住んでいたんですけど、この春夫婦になって、ひとつ屋根の下で暮らし始めたんですよ」

お勝がそう言うと、

「なるほど」

米助は小さく頷き、

「治兵衛さんが番頭をしておいでの足袋屋は、上野とか日本橋《にほんばし》の辺りなんでしょうか」

と、話の種《たね》を変えた。

「なぁに、ここの町内だよ。根津権現門前町の自身番《じしんばん》の向かいっ方」

藤七は間髪《かんはつ》を容《い》れずに返答すると、鰯の炙りを口で嚙み切った。

「米助さん、ここの店賃のことは大家さんから聞いておいでですかね」

お勝が問いかけると、

「へぇ。昨日、大家さんからお話がありまして、その辺のことは承知しておりま す」

米助はきっぱりと頷く。

二棟ある『ごんげん長屋』は、棟によって店賃に違いがあった。

米助が試しに寝起きをしようという空き家のある棟にはお勝や岩造が住んでいるのだが、そこの広さは九尺三間《くしゃくさんけん》で、藤七や彦次郎、お六らが暮らす棟は九尺二間と、広さに差がある。

したがって、九尺二間の棟の方はひと月の店賃は一朱百五十文だが、九尺三間の方は二朱と高い。しかし、九尺三間の広さがありながら、沢木栄五郎の家は、厠《かわや》と境を接しているということで、一朱百文と、『ごんげん長屋』の中では一番安い店賃だった。

「沢木さんは腰に刀を差しておいでですが、手跡指南所のお師匠様ということは、剣術より算盤《そろばん》の方がお得意ということですか」

米助からの酌《しゃく》を受けながら問いかけられた栄五郎は、困惑したような顔を見せた。

「いやいや。わたしゃ、沢木さんの剣の腕はなかなかのもんだと睨んでいますがねぇ」

彦次郎がそう言うと、

「ほう、そりゃなんで」

怪訝《けげん》そうな物言いをした岩造が、湯呑の酒を口に運んだ。

「いつだったか、沢木さんの腰の物を見せてもらったが、研ぎもよく、手入れに怠《おこた》りがなかったよ。腕に覚えのあるお人というのは、道具を大事にするもんだからさ」

彦次郎の言葉には、研ぎ師としての重みがあった。

「いやいや、わたしなんかより、お勝さんの小太刀《こだち》の腕は相当のものだと、以前、誰かから聞いた覚えがありますよ」

栄五郎がお勝の名を出すと、

「お勝さんが、なんでまたそんなもんを？」

お六がやけに関心を示した。

「腕は大したことはないんですよ」

お勝は片手を左右に打ち振ると、日本橋亀井町《かめいちょう》の幼馴染《おさななじ》みの話を持ち出した。

近藤沙月《こんどうさつき》という幼馴染みの父親は、剣術の道場を構えて香取神道流《かとりしんとうりゅう》を指南していたのだ。子供の時分からそこに出入りしているうちに、顔馴染みの門人《もんじん》たちから教わった小太刀の腕に磨きがかかっただけのことである。

「彦次郎さんの研ぎは、鑿《のみ》や鉋《かんな》ですか」

「いや、大工道具より、包丁《ほうちょう》や鋏《はさみ》が多いよ」

彦次郎は、米助の問いかけに笑顔で答えた。

「だけど、彦次郎さんは、元は常陸《ひたち》の刀鍛冶《かたなかじ》なんですよ」

お勝は、江戸に来た当初、彦次郎が刃物を打っていたということを、以前本人から聞いたことがあった。

「あぁ。それでたまに短刀の研ぎも受けていたのかぁ」

得心した岩造が、大きく頷いた。

「研いだ短刀を見せてもらったことがありますが、見事な業物《わざもの》でしたよ」

栄五郎まで、つくづく感心したような物言いをした。

「そりゃあなんとしても、一度拝《おが》ませてもらいたいもんすなぁ」

米助まで興味を示し、

「どうぞ」

彦次郎に徳利を勧めた。


白々《しらじら》と夜が明ける時分に米を研ぎ終えたお勝は、火の熾《お》きた竈《かまど》に釜《かま》を載せると、路地の七輪《しちりん》にも火を熾《おこ》して味噌汁作りに取り掛かった。

豆腐《とうふ》とわかめの味噌汁が出来上がると鍋《なべ》を下ろして、七輪には鉄瓶《てつびん》を載せた。

日が昇って四半刻が経《た》った頃には、朝餉の支度はすっかり整っていた。

藤七の家で米助を囲んで寄合《よりあい》をしたのは、昨夜のことである。

朝餉を摂り終えたお勝が、手桶《ておけ》を提《さ》げて井戸に行くと、夫婦で使った茶碗などを洗うお志麻やお啓がいて、近くではお富が青物を洗い、藤七と彦次郎は房楊枝《ふさようじ》で歯を磨き、栄五郎は洗った顔を手拭《てぬぐ》いで拭《ふ》いていた。

「おはよう」

お勝が声を掛けると、井戸端にいた連中から「おはよう」の声が次々に返ってくる。

お六の顔が見えないのは、いつものことである。

　青物売りをしているお六は、朝の暗いうちから京橋《きょうばし》の大根河岸《だいこんがし》に行って、様々な青物や根菜《こんさい》を仕入れている。買いつけに行くのが遅くなると、めぼしい物が手に入らなかったり、萎《しお》れたりする。

　それを嫌うお六は、朝早くに仕入れて、生きのいい青物を売り歩くのだ。

「おはよう」

　紺色《こんいろ》の風呂《ふろ》敷包《しきづつ》みを背中に担いだ与之吉が井戸端を通りかかって、皆に声を掛ける。

「おはよう」

　手桶に井戸の水を注いでいたお勝が返事をすると、

「気をつけてね」

　女房のお志麻から声が掛かった。

「おう」

　与之吉は軽く手を挙げて、表通りへと急ぐ。

　するとすぐ、臙脂《えんじ》の風呂敷包みを背負った十八五文《とおはちごもん》の鶴太郎と、直後に家を出た左官の庄次が道具の袋を肩に担いで井戸端に現れた。

「おはよう」

鶴太郎と庄次が声を揃えて通り過ぎると、

「お稼ぎよ」

お啓とお富が二人の背中に威勢のいい声を掛ける。

「おう」

「ありがとう」

間髪を容れずに相次いで返事をした鶴太郎と庄次は、表通りへと姿を消した。

「ねぇお富さん、昨夜、真夜中に足音がしたらしいんだけどさ。聞こえた？」

桶に水を注ぎ終えたお勝が、手を止めて小声で問いかけると、

「え、なんのことですよ」

お富が眉をひそめた。

「夜中、お琴に起こされてね、動き回る足音がするって言うんだよ。路地の方から、井戸の方を通って、伝兵衛さんの家を回ってから裏のお稲荷《いなり》さんの方に行って、聞こえなくなったって。だけど、わたしはぐっすりと眠っていて、気づかなかったもんだから」

お勝はそう言うと、昨夜、藤七の家で飲んだ酒が効いたと、正直に打ち明けた。

「わたしも気づかなかったよ。うちのも、今朝なんにも言ってなかったから、足

音なんか聞いてないと思うよ」

首を捻《ひね》ったお富は、隣に住む栄五郎や、向かい側に住む藤七と彦次郎の顔を窺う。

「わたしも寝入っていて、そんな音は聞いていませんね」

栄五郎が返答すると、藤七も彦次郎も、聞き覚えはないと小首を傾《かし》げる。

「大方、この前から表の蠟燭屋から屋根伝いに忍び込んでくる猫じゃないのかねぇ。黒と灰色の縞柄《しまがら》の太った猫がのしのし歩いてるのを見たことありますよ。一度なんか、稲荷の祠《ほこら》でお供《そな》えの油揚げを盗み食いしてたんだからぁ」

お啓が、憎々しげに顔を歪《ゆが》めた。

「あぁ、たしかにときどき、猫の声がしているねぇ」

のんびりとした声を上げた彦次郎が、小さくうんうんと頷いた。

「こりゃ、皆さんおはようございます」

空き家から出てきた小簞笥を背負った米助が、井戸端で足を止めた。

「おぉ、おはよう。眠れたかい」

「おかげさまで」

米助は、声を掛けた藤七に軽く頭を下げると、

「では、皆さん」

一同に会釈《えしゃく》をし、足取りも軽く表通りの方へと向かっていった。

日が沈む時分になると、根津権現門前町の表通りは忙しくなる。

大工や左官などの出職《でしょく》の者や担ぎ商いの連中が、家路に就《つ》く姿が見られるし、戸を閉める小店《こみせ》もあり、燭台《しょくだい》や行灯に使う油を惜しむ居職《いじょく》の者の家では、日暮れる前に仕事を切り上げる。

行き交う人の足音や戸を閉める音、物売りの声も響き渡って、夕刻の表通りはせわしいだけではなく、心弾むような音が交錯《こうさく》する。

そんな表通りの左右に眼を遣《や》りながら、お勝は帰路に就いていた。

戸を閉める商家もあれば、料理屋や居酒屋などは、これから明かりを灯《とも》して通りを明るく照らし出す。

岡場所を抱える根津一帯は、あと半刻（約一時間）もすれば、化粧を施《ほどこ》した夜の貌《かお》を見せ始める。

お勝が『ごんげん長屋』へ通じる小路に入りかけたとき、

「今でしたか」

不忍池の方から来た男の影が声を掛けて、足を止めた。

菅笠《すげがさ》を被《かぶ》り、小簞笥を背負って笑みを浮かべている米助だった。

「米助さんも今？」

「ええ」

返事をした米助は、歩き出したお勝と並んで『ごんげん長屋』の木戸を潜《くぐ》る。

小路を通って井戸端に歩を進めたお勝は、

「何してるんだい」

路地に立って、隣家を窺っている幸助とお妙に声を掛けた。

昨日から米助が寝起きすることになった空き家である。

「たった今、お六さんと大家さんが入っていったから」

幸助が肩をすくめて返答すると、

「おぉ、今でしたか」

空き家から出てきた伝兵衛が、菅笠を取ったばかりの米助を見た。

すると、伝兵衛のあとから、お六ともう一人、お六と年恰好《としかっこう》の似た女も路地に出てきた。

「この人は、前々からの知り合いのお鹿《しか》さんていう人でね。以前、『ごんげん長屋』

に空きがあると聞いていたことを思い出して、わたしを訪ねて見えたもんだから」

　お六はすまなそうに頭を下げた。

「それで、留守のところをすまなかったが、見てもらったんですよ米助さん」

「大家さん、ここはまだわたしの家と決まったわけじゃありませんから、誰に見てもらおうと構いませんよ」

　米助は屈託《くったく》のない笑みを浮かべると、

「どうです。気に入られましたか」

　お鹿に問いかけた。

「そりゃもう、店賃といい広さといい、言うことはありません。ただ、大家さんに聞きますと、あと二日ばかりここで寝起きをしたあとにお決めになるとか。ですから、わたしはあなた様次第ということになります」

　お鹿は米助に返事をしてすぐ、伝兵衛に向かって小さく頭を下げた。

「承知しました。米助さんが腹を決められたら、すぐにお六さんからお前さんに知らせてもらいますから」

　伝兵衛がこのあとの段取りを口にした。

「わかりました」

お鹿はそう応え、米助は、

「わたしは中で荷を下ろすことにしますので」

皆に軽く頭を下げて、家の中に入っていった。

「そしたら、わたしもお六さんのところに置いた荷物を取って帰ることにしますよ」

「なんなら、うちに泊まっていけばいいじゃないか」

お六がお鹿を引き留めた。

「どこへお帰りかね」

「本所緑町《ほんじょみどりちょう》でして」

お鹿が伝兵衛に返事をした町は、お勝も知っている。

「本所緑町だと、ここから一里半（約六キロメートル）ほどありますから、着く時分には暮れてしまいますね」

すぐに道筋を頭に浮かべたお勝が、そう口にした。

ご先祖や二親《ふたおや》と兄の眠る菩提寺《ぼだいじ》が近くにあるお勝は、その辺りの道に明るかった。

四

『ごんげん長屋』は夜の帳《とばり》に包まれようとしていた。すっかり暮れきってはおらず、一間（約一・八メートル）ぐらい離れていても着物の柄は見分けられる。

夕餉を摂り終えたあと、湯屋に行っていたお勝は、同じ湯屋で一緒になったお志麻と連れ立って『ごんげん長屋』に帰ってきたのだった。

「それじゃここで」

お志麻は、家の前で足を止め、

「おやすみ」

お勝はそう声を掛けて、はす向かいの我が家の戸を開けた。

「ただいま」

お勝が土間に足を踏み入れると、

「お帰り」

流しの桶で布巾《ふきん》を絞《しぼ》っていたお琴が振り向く。

幸助とお妙が寝巻に着替えていた板の間に上がったお勝は、抱えてきた湯桶《ゆおけ》に入れていた着替えた湯文字《ゆもじ》を取り出すと、流しの棚に置いてある洗い桶に移す。

いきなり、壁の向こうから、男や女の笑い声が届いた。

「今夜はね、隣の家に何人か集まってるんだって」

お琴が囁《ささや》くように告げた。

「ええとね、来てるのは、藤七さん、彦次郎さん、お六さん、鶴太郎さん」

指を折りながら、幸助が名を挙げた。

「それに、お六さんの知り合いの女の人も」

お妙が口にしたのは、お鹿に違いない。

お勝や伝兵衛の勧めもあり、お鹿は今夜、お六の家に泊まることになったのだ。

「湯屋から戻る少し前、お六さんがおっ母さんを誘いに来たし、行けばいいじゃない」

お琴に勧められたが、お勝は「ん」と煮え切らない声を出した。

その直後、

「お邪魔しますよ」

聞き覚えのある男の声がして、戸が開いた。

「お勝さん、お隣の寄合に顔は出さないんですか」

開いた戸から顔を突き入れたのは、お勝一家の隣に住む治兵衛で、

「小間物の担ぎ商いをしている米助さんが、酒肴《しゆこう》を用意しているという話ですよ」

「治兵衛さん、わたしは連日通うほどの酒飲みじゃありませんから、今夜はよしときますよ」

お勝は誘いを断ることにした。

「今夜はどうも、お六さんの知り合いの方も一緒だそうですから、ひょっとしたら、親しくなれるということもね」

「治兵衛さん、お嫁さん探しですか」

「お妙ちゃん何を言うんだい。何もそういうあれじゃ」

目尻を下げていた治兵衛は途端にうろたえ、戸を閉めるのも忘れて集まりのある隣へと向かった。

「さてと、わたしも寝巻になるか」

お勝は枕屏風《まくらびようぶ》に掛けていた寝巻を羽織《はお》ると、着ていた着物の帯を解いて脱ぎ、足元に落とす。すぐに寝巻を細帯で結ぶと、足元の着物を衣紋掛《えもんか》けに掛けて長押《なげし》に下げた。

「お、治兵衛さんお上がりよ」

隣の家から彦次郎の声がして、「お邪魔します」という治兵衛の声が続く。

「ここへお座りよ」

「それじゃ、お隣に」

彦次郎の勧めに応じた治兵衛が、腰を下ろした気配がすると、

「わたしはお六さんの知り合いで、鹿という者です」

お鹿の声がした。

「その人はね、町内にある『弥勒屋《みろくや》』って足袋屋の番頭の治兵衛さん」

鶴太郎が、お鹿に治兵衛を引き合わせる声がした。

「ひとつお酌を」

「こりゃどうも」

少し上ずった声から察するに、治兵衛はどうやらお鹿と隣り合わせになったようだ。

「お六さんに聞いたけど、お鹿さんていう人は、辻八卦《つじはっけ》をするんだって」

流しの茶簞笥の中に手を差し入れていたお琴が小声で言うと、煎餅《せんべい》の載った皿を出して、板の間の真ん中に置いた。

「辻八卦ってなんだよ」

幸助が小声で尋ねると、

「道端に置いた台を前に腰掛けて、人相や手相を見る人のことだよ」

皿の前に座り込みながらお勝が囁くと、母子四人は煎餅の皿を取り囲むようにして顔を突き合わせた。

「おっ母さんは見たことがあるけど、女の手相見は、深編笠《ふかあみがさ》を被って道端に腰掛けて客を待ってるんだ」

お勝の声に頷いた幸助は、煎餅を摘《つ》まむと口に運び、バリッとかじった。

すると、他の三人も釣られたように煎餅に手を伸ばして摘まんだ。

「しかし、さっき彦次郎さんが打ったという短刀を見せてもらいましたが、いやぁ見事でしたよ」

隣の家から、感に堪《た》えないという思いの籠《こ》もった米助の声が届くと、

「研ぎが見事なんだよ」

藤七の言葉が続いて聞こえた。

「しかし、あの短刀の出来なら、きっといい値がつくんでしょうねぇ」

「わたしは、売る気がないから、値はわからないがね」

彦次郎は、米助の問いかけにのんびりと応じた。

「いつだったか、辰之助おじさんが、彦次郎さんの刃物は、売れば、安くても二両や三両はするって言うのを聞いたことがある」

　お琴が、皆を見回してそう囁いた。

「そうかもしれないねぇ」

　彦次郎の打った短刀を見たことのあるお勝には、得心のいく値に思われる。

「え、お鹿さんは独りもんですか」

　突然、酒の入ったような鶴太郎の甲高《かんだか》い声がした。そして、

「だったら、ここには沢木さんというご浪人や足袋屋の番頭になったばかりの治兵衛さんという独りもんがおいでですから、どうです、ひとつくっついてみちゃ。治兵衛さんなら、去年まで住み込みをしていたから、小金は貯めてるはずだよ」

　と、陽気に続けた。

「いやいやいや、何を仰《おつしや》いますやら」

　そう口にした治兵衛の声音《こわね》には、まんざらでもなさそうな響きが窺えたが、お六とお鹿からは、あははと大きな笑い声が上がっただけである。

　根津権現門前町の自身番は、表通りの辻の一角にある。

刻限は八つ（午後二時頃）を過ぎたばかりだが、通りからは騒がしい音は聞こえてこない。

七月十日は四万六千日《しまんろくせんにち》の浅草観音《あさくさかんのん》の縁日で、浅草界隈は混んでいると思われる。だが、根津の表通りが騒がしいのは朝方と夕刻で、昼を過ぎると、いっとき、すべてが緩《ゆる》むような間が訪れることがあった。

「待たせたかい」

障子を開けて、外から自身番の畳の間に入ってきたのは、目明かしの作造である。

三畳の畳の間で待っていたお勝、お六、そしてお鹿を前に、作造は腰を下ろす。

「親分、わざわざすみませんでしたね」

お勝が軽く頭を下げると、

「いや。お勝さん、その話っていうのを聞こうじゃありませんか」

作造は、お勝と並んでいるお六とお鹿に眼を向けた。

「こちらは、作造親分もご存じの、青物売りのお六さんで、その隣はお六さんと懇意《こんい》の、辻八卦見《つじはっけみ》のお鹿さん」

「作造です」

作造は、お六とお鹿に軽く会釈をした。

「実は、『ごんげん長屋』での暮らし具合を試したいと、今日でふた晩、寝泊まりしている担ぎの小間物売りがいましてね」

お勝は、米助という小間物売りが『ごんげん長屋』に泊まり込むようになった経緯《いきさつ》を、作造に簡単に伝えると、

「今朝早く、わたしが大根河岸に出掛ける段になって、お鹿さんがふと口にしたんですよ。昨夜一緒に酒を飲んだ米助って男は、以前、キンジと呼ばれていたんだがねって」

お六がそう言うと、お鹿は無言で小さく頷いた。

お勝はそこで、昨夜と一昨日《おととい》の夜は、『ごんげん長屋』や近隣のことを知りたいという米助の頼みで、酒宴《しゅえん》を開くことになった事情を作造に伝えた。

「わたしはいつも、昼前から五つ（午後八時頃）まで、両国橋西広小路《りょうごくばしにしひろこうじ》の橋番所《はしばんしょ》の裏で手相見をしております」

そう切り出したお鹿の仕事場は、朝から賑わう両国だった。

両国橋の東詰には回向院《えこういん》があり、西詰には歌舞伎《かぶき》や浄瑠璃《じょうるり》をはじめ、様々な芝居小屋が建ち並び、見世物小屋や大道芸が人を集め、それを目当てに媚薬《びやく》売り

や食べ物売りが行き交い、掏摸《すり》も横行《おうこう》する江戸随一《ずいいち》の盛り場である。

「三月《みつき》ぐらい前でしたか、若い男が台の前に立ちまして、手相を見てくれと言いますので、一通り見ていると、『キンジさん、まぁだ？』と人混みの向こうから若い女が現れたんです。男は、終わったと言ってお代を置くと、女と連れ立って、薬研堀《やげんぼり》の方に行ったんでございます」

「お鹿さんは、そのキンジと呼ばれた男が、小間物売りの米助さんだと言うんですよ」

お六が、少し身を乗り出して声を低めた。

「いつもは深編笠を被って手相を見るんですが、そのキンジと呼ばれたお人に、人相も見てくれと頼まれましたので、笠を上げて顔を見ることになったんです。そのとき見た顔が、昨日顔を合わせた米助さんと同じだと気づいたんです」

そう打ち明けて、お鹿は大きく息を継いだ。

「しかし、別の名を名乗ったからといって、おれら目明かしが出張《でば》るようなことじゃないからねぇ」

苦笑いを浮かべて、作造はお勝たちに眼を遣った。

「それがね親分、二人が『岩木屋』に来てこの話をしたとき、三日前、作造親分が置いていった人相書を読んで、お鹿さんは、この人相書を指さしたんです」

お勝はそう言うと、懐から一枚の人相書を取り出して、畳に広げた。

すると、人相書に顔を近づけた作造は、

「板《いた》の間稼《まかせ》ぎ、盗品売り、名、諸方で、万助《まんすけ》、民治《たみじ》、与五郎《よごろう》、清十郎《せいじゆうろう》など使い分けており、特定できず。年、二十七、八。髷《まげ》を結《ゆ》い、一見お店者風《たなものふう》。丈《たけ》、五尺六寸（約百六十八センチ）。瓜実顔《うりざねがお》。左手小指、関節から『へ』の字に曲がったまま。眼は――」

「親分、そこです」

お鹿が口を挟むと、小声を出して読んでいた作造が、あとの言葉を呑んで顔を上げた。

「そこっていうと」

「顔だけなら、他人の空似ということもありましょうが、両国橋で人相を見た男の左の小指も『へ』の字の形をしてたんですよ」

お鹿は淡々《たんたん》と作造に告げた。

手相を見ていたとき、何気なくどうしたのかと尋ねたら、

「餓鬼《がき》の時分、子供同士の喧嘩《けんか》があって、そのとき相手方の棒切れで叩かれて折

れたんだよ。それ以来、小指は曲がったまま動かなくなっちまった」

キンジと呼ばれた男はそう答え、「おれの生き方まで、曲がったがね」と、自嘲《じちょう》の笑みを浮かべたとも話して、お鹿は口を結んだ。

「そういえば、一昨日の夜、盃《さかずき》を持つ左手の小指が、少し曲がっていたような気がしますよ」

お勝が呟くと、お六も小さく相槌を打った。

「しかし、親しげな女がいるっていうのに、一人で新たに家探《やさが》しっていうのは、妙だね」

厳しい顔つきになった作造が、独り言のように呟き、さらに、

「何かしでかしたというなら思い切ったこともできようが、人相書の文言に似てるってだけじゃ、お縄にするにはちと心許《こころもと》ねぇ」

と唸《うな》って、胸の前で両腕を組んだ。

「米助は、三、四日寝泊まりして『ごんげん長屋』での暮らしぶりを試すと言ってましたから、おそらく、明日には出ていくつもりでいると思います」

お勝がそう言うと、

「てことは、『ごんげん長屋』で何かしでかすなら、今夜が最後ってこったが、

しかしなぁ」

　作造は確信を持てず、しきりに首を傾げる。

「あの男は、やりますよ」

　低い声ながら、お鹿は確信めいた物言いをし、

「昨夜、一緒に酒を飲んでいた米助は笑顔を振りまいていましたがね、その眼の奥には油断のない、冷たい光がありましたから」

　お鹿の口ぶりには、長年にわたって人相見を続けてきた自信のようなものが窺えた。

「わかった。盗みを生業《なりわい》にしている野郎が、空き家探しに三日も四日も居続けるなんてのはどう見ても妙だ。狙いがあって、手の込んだことをしてやがるにちげぇねぇ」

　作造の言葉に、お勝たち三人は黙って頷いた。

「お勝さんは、大家の伝兵衛さんをはじめ、『ごんげん長屋』の主だった男衆にここでの話を教えて、ことさら用心して相手に気取《けど》られることのねぇよう、いつも通りに動くよう伝えてもらいましょう。日が暮れたら、おれと下っ引きの久助は、井戸端に近い伝兵衛さんの家に詰めて、米助の動きから眼を離さないことに

します」

「もし、今夜、米助から声が掛かったらどうしたらいいんでしょうね」

お六が作造に問いかけると、

「相手がお尋ね者だと知ったお六さんとお鹿さんは、ついつい米助の様子を窺ってしまい、向こうに不審を抱かせる恐れもあるから、今夜は顔を合わせない方がいいね」

「わかりました。お鹿さんは」

「わたしは、このまま本所に戻るよ」

声を低めたお鹿は、お六にそう返事をした。

「お勝さんはどうするね」

作造に問われたお勝は、

「今夜も寄合があれば、わたしは行くことにしますよ」

作造に向かって小さく頷いてみせた。

五

『ごんげん長屋』は夜の帳に包まれ、静まり返っている。

とはいえ、岡場所のある根津権現門前町と隣の根津宮永町《ねづみやながちょう》には多くの妓楼《ぎろう》が軒を連《つら》ねている。

三味線《しゃみせん》や太鼓《たいこ》、怒鳴り声や通りを行き交う下駄の音などが、風に乗って微《かす》かに届く。

お勝が足音を忍ばせて家に入り込むと、中は暗く、声もない。

眼が暗闇に慣れると、お琴はいつも通り一番端に横になり、その隣にお妙が寝て、その横に幸助が大の字に寝ている姿が見て取れた。

お勝は、一番端の幸助の隣にゆっくりと仰向《あおむ》けになる。

着替えをしなかったのは、何か異変があれば、すぐにでも飛び出すためである。

『ごんげん長屋』に空き家を見つけて現れた小間物売りの米助が、人相書にもなっているお尋ね者だとわかったのは、この日の午後である。

その米助が小簞笥を背負って帰ってきたのは、ほどなく日の入りという頃おいだった。

そのすぐあと、夕餉の膳に着いていたお勝一家を訪ねてきた藤七が、

「明日は長屋を出るんで、隣の米助さんが、世話になった皆さんにお礼をしたいと言ってるよ」

と、告げた。

ささやかなお礼の酒宴を家でやりたいが、話し声が響いては両隣のお勝一家や岩造夫婦に迷惑だろうと米助が気にしたという。

「隣は藤七さんだし、棟の一番端なら誰の迷惑にもなりますまい」

事情を知った彦次郎はそう言って、酒宴の用に家を供《きよう》してくれることになったと、藤七が頷いた。

しかし、彦次郎の家に集まったのは、彦次郎をはじめ、藤七、岩造、庄次、米助、それにお勝の六人だけだった。

朝から手跡指南所の師匠を務める沢木栄五郎、貸本屋の与之吉、十八五文《とおはちごもん》の鶴太郎は、諸方を歩き回って疲れ、植木職の辰之助は明朝早く仕事に出るというので、不参加となった。

酒は米助が用意したのだが、辰之助の女房のお啓からは、蛸《たこ》とわかめの酢《す》の物と目刺《めざ》し、岩造の女房のお富からは葱《ねぎ》ぬたが差し入れられた。

「それで米助さん、どうするんだい。『ごんげん長屋』に住む気になんなすったかい」

二合徳利が一本空になった辺りで、藤七が米助に声を掛けた。

「そのことですが、まだ決めかねておりまして」

「どうしてだい」

岩造が意外そうな声を発すると、

「いえ、何もここが嫌だとか、住みにくいというわけじゃありません。というより、文句のつけようがないっていうのが、どうも、怖いんですよ」

そう言うと、米助はため息とともに小首を傾げる。

「文句のつけようがねぇのに怖いってのが、おれにゃよくわからねぇが」

庄次が酒に濡れた唇を尖《とが》らせた。

「この先、わたしに困った事情が降りかかって、どこかよその裏店《うらだな》に住まうことになるとしましょうか」

米助が一同の顔を見て切り出すと、お勝も他の参加者も小さく頷いた。

「そんなとき、『ごんげん長屋』みてぇな居心地のいい裏店に巡り合えるとはかぎりません。いや、むしろがっかりするに違いないんですよ。その落胆を思うと、怖いんですよ」

心情を語った米助に、一同から声はなかった。

ほんの少しの沈黙のあと、

「なるほど」

呟きを洩らした藤七が、酒の入った湯呑に口をつける。

「とにかく、今夜ひと晩ここで寝て、家を借りるかどうか、明朝、大家さんに伝えることにしますので」

米助は決意を述べて、ゆっくりと頭を下げた。

六つ半（午後七時頃）に始まった宴《うたげ》は、連日の酒宴で藤七も彦次郎も眠気に襲われ、若い庄次まで、幾度も欠伸《あくび》を嚙み殺した。

「明日もあることだし、今夜はこの辺で」

五つ（午後八時頃）を四半刻ばかり過ぎた時分、岩造が口を開いて、宴は散会《さんかい》となったのである。

参加者たちは、小声で口々に挨拶を交わして、それぞれの家に戻っていった。

家に戻ったお勝が着替えをせずに仰向けになってから、四半刻ほどが経っていた。ときどき眼を閉じたこともあったが、ウトウトとしたわけではない。

外の微かな物音を聞き逃すまいと、眼を閉じて耳を研ぎ澄《す》ましていた。

目明かしの作造は伝兵衛の家に詰めて、下っ引きの久助と交代で眠り、異変に備えると言っていた。

藤七によれば、米助が盗みのお尋ね者だということは、彦次郎をはじめ、栄五郎や岩造、それに辰之助と鶴太郎にも知らせたということだったから、それぞれが密かに気配りをしているに違いなかった。


戸の開く音を聞いたような気がして、お勝は眼を覚ました。

家の中は暗く、子供たちの寝息がしている。

思わず眠ってしまったらしいが、どれほど経ったのかはわからない。

目覚めるとすぐ、向かいの家の戸が低い音を立てて開けられ、

「お、米助さんか」

路地に出たらしい鶴太郎の声がした。

「どうも、彦次郎さんの家に財布を落としたようで」

密やかな声を発したのは、米助だった。

「彦次郎さんを起こして、捜させてもらいなよ。おれは、ちょっと小便」

そう言うと、鶴太郎の足音が路地の奥へと遠のいていく。

栄五郎の住まいの裏手にある厠へと急いだようだ。

その後、外からはなんの音もしなかったが、ほんの寸刻ののち、小便を済ませ

たらしい鶴太郎の足音が、再度路地から聞こえた。

「お、財布はあったのかい」

鶴太郎の問いかける声がすると、

「彦次郎さんが、土間の近くに置いていてくれたようで」

安堵したような米助の声が続いた。

「それじゃな」

鶴太郎の声がしてすぐ、向かいの家の戸が静かに開け閉めされる音がした。

その直後、米助が寝泊まりをしている家の戸が密やかに閉められる音が、横になって眼を開けていたお勝の耳に届いた。


翌十一日。

東の空が茜色《あかねいろ》に染まる頃、お勝は井戸端で米を研ぎ終わり、家の中に戻って竈《かまど》に釜を載せた。

その後、路地に置いた七輪で火を熾す支度を始めると、そこここの家から、欠伸や板の間を踏む音、水瓶《みずがめ》の蓋に柄杓《ひしゃく》を置く音などが路地に流れ出た。

その時分になると、沢木栄五郎が手拭いを手に井戸へと向かい、藤七と彦次郎

が路地に現れ、

「隣は」

耳元で、藤七から密やかに問いかけられた。

「まだ、中に」

お勝が声をひそめて答えると、

「おれらは伝兵衛さんのところへ」

藤七はお勝の耳元でそう言い、彦次郎とともに伝兵衛の家の方へと足を向けた。

「おはよう」

桶を手に出てきたお琴が井戸に向かうと、眼をこすりながら出てきた幸助とお妙も、手拭いを提げて井戸へと向かう。

その直後、隣の家の戸が開いて、菅笠を載せた小簞笥を背負った米助が、路地に出てきた。

「おはようございます」

米助に声を掛けられたお勝は、

「おや、もうお出掛けですか」

「えぇ。大家さんには先に挨拶を済ませてまして」

返答もそこそこに、米助が井戸の方に向かうと、伝兵衛の家の方から現れた鶴太郎が、

「お、ちょうどよかった。これから、大家さんの家においでになりますよね」

米助の前に立ちはだかって尋ねると、

「え、えぇ。そのつもりでして」

頷いた米助は、先に立った鶴太郎に続いて伝兵衛の家の方へと向かった。

いよいよか――お勝は胸の中で呟くと、

「すまないけど、お琴、今日は朝餉の支度を頼むよ」

井戸端で顔を拭くお琴に片手を立てて拝んだ。

「うん。わかった」

お琴から屈託のない声が返ってくると、お勝は伝兵衛の家の方へと急いだ。

夕刻の七つ半（午後五時頃）まで『岩木屋』で仕事をするお勝は、夕餉の支度はいつもお琴に頼っている。その代わり、朝餉だけはお勝が受け持っているのだった。

井戸で使った水が流れるどぶ板に沿って九尺三間の棟の裏手に向かうと、伝兵衛の家の縁に小簞笥を置いて腰掛けた米助と、膝を揃えている伝兵衛の姿がお勝

の眼に入った。

「お勝さん、米助さんは、他の裏店を当たってみるそうだよ」

伝兵衛の物言いはのんびりとしており、

「それは惜しいことでしたねぇ」

お勝までのんびりとした口を利いた。

「まことに居心地のいい長屋ですが、根津の岡場所が玉に瑕《きず》と申しますか、気の弱いわたしには、毒になる恐れがありまして」

囁くように声を出した米助は、

「昔から堪《こら》え性《しょう》のないわたしは、色香《いろか》に迷って妓楼に入《い》り浸《びた》る恐れもございますもんで、へへへ」

言い終えた米助は小さく笑い声を洩らし、片手を頭にやった。

「すると大家さん、損料貸しの布団代は、どちらにお願いしたらよろしいんで？」

「お勝さん、そりゃ、布団をお使いになった米助さんですよ」

伝兵衛が返答すると、

「なんですって」

米助は不満げな声を上げた。

「だってあなた、泊まり込みたいと言い出したのはそちらです。住人になってくださるなら布団代などはいただきませんが、そうでないとなると、お代はいただきませんと」

「そんなこと、言わなかったじゃありませんかっ」

米助は色をなしたが、

「損料貸しの布団代は、三日分で六十文になります」

お勝は動じることなく、低く厳然と答える。

懐の巾着《きんちゃく》から四文銭《しもんせん》と一文銭を交《まじ》えた六十文を取り出した米助は、音を立てて縁に置き、急ぎ小箪笥を背に担いだ。

そのとき、伝兵衛の家の出入り口の戸が開いて、作造と久助のあとに続いて、藤七と彦次郎が出て、縁側に近づいてきた。

「こりゃ親分、朝から何ごとです」

お勝が問いかけると、

「彦次郎さんから、家に置いていた短刀が盗まれたらしいと届け出があったもんだから、朝早くから話を聞いていたところだよ」

そう答えると、作造は米助に眼を向けた。

帯に差してある十手《じって》を見れば、作造がお上の御用を務める人物だということは誰にでもわかる。

「わたしはこれで」

そう口にした米助は顔を伏せ、急ぎ井戸の方へと足を向けた。

「お待ちなさいよ、キンジさん」

米助の背に向かってお勝が声を掛けると、

「え」

声にならない声を洩らした米助がふと足を止めかけたが、何ごともなかったかのように足を速める。

「逃がすな」

作造から声が掛かるとすぐ、久助が追いかけて米助の小簞笥に両手を掛ける。抗《あらが》った米助の両肩から小簞笥の肩掛け紐《ひも》が抜け、久助は背中から地面に倒れた。

「親分、ごめんなさいまし！」

言うが早いか、作造の帯から十手を抜くと、お勝は逃げにかかった米助に向かって投げた。

逃げ足に十手を受けた米助が、

「ああっ」

足をもつれさせると、腹から倒れ込んだ。

作造はすぐに背中に片膝を載せて押さえつけ、片手を米助の懐に差し込む。

「懐にはねぇ。こいつの簞笥を改めろ」

「へい！」

久助は返事をするとすぐ、作造の指示通り、地面に転がっていた小簞笥の引き出しを次々と開け、一番下の引き出しから一本の白鞘《しらさや》の短刀を摑《つか》み出した。

「以前、わたしが打った短刀です」

彦次郎が声を上げると、

「違う！　これは、昔おれが、親父から貰《もら》ったもんだ！」

米助は、作造に押さえつけられたまま声を絞り出す。

「短刀の鎬《しのぎ》に銘が彫《ほ》ってあるはずです」

彦次郎がさらに声を張った。

「たしかに、『山形に彦』の字が彫られてます」

久助が、白鞘から引き抜いた短刀の鎬に眼を留めると、声を張り上げて、刻印《こくいん》を一同に向けた。

「それは、江戸で鍛冶師をしていた時分の、彦次郎さんの銘ですよ」

彦次郎の生《お》い立《た》ちを聞いていたお勝は、その銘の謂《いわ》れについても承知していた。

「彦次郎さん、この短刀の値はいかほどかね」

作造が尋ねると、「さて」と呟いた彦次郎はしきりに首を捻る。

「以前、売れば十二、三両はすると言っていたじゃないか」

藤七がそう言うと、

「十両を超える物を盗んだとなると、死罪だな」

「ヒエーッ」

地面に押さえつけられていた米助は、悲痛な声を喉《のど》から洩らした。

そしてすぐ、久助の縄で後ろ手に縛られた米助は作造の手で引き立てられた。

そこへ、栄五郎を先頭に、岩造、庄次、それに、お啓とお富まで井戸の方から現れた。

「段取りの通りにいったようですね」

栄五郎の言葉に、その場にいた伝兵衛をはじめお勝たちは、満足げに頷いた。

「よぉ、米助よ。毎晩の酒盛りで住人の様子を探ったところまでは上出来だったが、狙った先が『ごんげん長屋』だったのが、間違いのもとだったな」

作造の言葉に、米助がガックリと首を折った。

根津権現門前町の表通りを、細かい砂が風に運ばれていく。

大して強い風ではないが、用心はいる。

何せ、野分《のわき》の時節でもある。

質草の預かり期限が迫っていることを池之端七軒町《いけのはたしちけんちょう》の下駄職人に知らせに行ったお勝は、質舗『岩木屋』へ足を向けていた。

米助がお縄になってから、二日が経っている。

「おお、こりゃ」

『ごんげん長屋』の小路から出てきた作造が、声を出して足を止めた。

「何ごとですか」

お勝も立ち止まった。

「例の米助のことを伝兵衛さんに知らせにね。あいつはおそらく、敲《たた》きのあと江《え》戸払《どばら》いになりそうだよ」

「死罪じゃないんですね」

お勝が問うと、

「短刀の値が十二、三両と言ったのは、藤七さんの、ただの虚仮威《こけおど》しだったんだよ」

「そうでしたか」

お勝は笑みを浮かべた。

「それに、米助の本当の名は、キンジや米助でもなく、三吉《さんきち》だった。どっちにしろ、大物の盗人になるような名じゃなかったね。それじゃ」

片手を挙げると、作造は自身番のある方へと足を向けた。

お勝も行きかけたが、ふと足を止めた。

『井筒屋』の板壁に貼られていた〈貸家あり〉の紙の一角が剝がれて、風にそよいでいた。

お六の知り合いのお鹿は、両国橋に近い神田佐久間町《かんださくまちよう》に住むことになった。

お六の話によれば、『ごんげん長屋』より狭いが、店賃が一朱というのが独り者の女には手頃だということだった。

お勝は、〈貸家あり　ごんげん長屋〉の貼り紙を一気に剝がした。

何も、空き家に店子《たなこ》が入ったというわけではない。

貼り紙を剝がしておいてほしいと、大家の伝兵衛に頼まれていたのだった。

『ごんげん長屋』は、一軒ぐらい埋まらなくてもいいのではないか——伝兵衛と家主の惣右衛門が話し合いをした末に、そんな結論に至ったと聞いている。

剝がした貼り紙を四つに畳んで袂《たもと》に押し込むと、お勝は根津権現社の方へと足を向けた。

第二話　鶴太郎《つるたろう》災難

一

　朝日の射《さ》す根津権現門前町の表通りを、白い煙が這《は》っている。

　通りのあちこちから立ち上った煙は、とどまったり流れたりしながら、軒《のき》を並べる家々の屋根の上へと消えていく。

『ごんげん長屋』の木戸の外では、岩造とお富夫婦、それに彦次郎が道端で燃えている苧殻《おがら》を、殊勝《しゅしょう》な面持《おもも》ちで眺《なが》めていた。

　その近くで苧殻を積み上げるお勝の手元を、円になってしゃがんだお琴、幸助、お妙が注目している。

　七月十六日は、盆の送り火の日である。

　盆の間、家に帰ってきていた先祖の霊を、火を焚《た》いて送り出すのだ。

「彦次郎さんから火を貰《もら》っておくれ」

「うん」

お琴は、お勝が差し出した一本の苧殻を受け取ると、彦次郎の足元で燃えている火を自分の苧殻に移して、お勝が積んでいた苧殻にゆっくりと差し込む。

彦次郎から貰った火が、やがて、苧殻に燃え移って煙を上げ始めると、

「おぉ」

子供たちから小さな歓声が上がった。

お勝一家や、『ごんげん長屋』の住人たちは、七月十二日になると盂蘭盆会《うらぼんえ》の支度を始めるのが、例年のことであった。

盂蘭盆会の時季が近づけば、町々を売り歩く行商人《ぎょうしょうにん》から、竹や筵《むしろ》、蓮《はす》の葉や苧殻などを買い、家の中に先祖を迎える棚を設《しつら》えるのだ。

お勝の家では、昨日の十五日に懇意《こんい》にしている谷中の僧侶に来てもらい、棚《たな》経《ぎょう》をしてもらった。

先祖をはじめ、二親《ふたおや》や兄の眠るお勝の家の菩提寺《ぼだいじ》は本所竪川《たてかわ》の南にある要津寺《ようしんじ》なのだが、そこまで足を延ばすのは命日のときくらいで、それ以外のときの読《ど》経《きょう》は知り合いの寺に頼んでいた。

「おはよう」

送り火を囲んで見ていたお勝たちの近くで、若い娘の声がした。

「おもとちゃん」

名を声に出して立ち上がったお琴が、小さな包みを抱えて立ち止まっている幼馴染《おさななじ》みに笑みを向けた。

「家に帰ってきたのかい」

お勝が尋ねると、

「はい」

おもとは、こぼれるような笑みを浮かべた。

この春から京橋の漬物屋《つけものや》で住み込み奉公をしているおもとは、久しぶりに我が家へと戻ってきたようだ。

お店《たな》の奉公人たちは、藪入《やぶい》りのこの日一日は休みを貰える。

家が近い者は我が家に帰り、遠くから江戸に来た者は、わずかな小遣《こづか》いを手にして、浅草や両国などの繁華な町に出掛けて一日を過ごし、夕刻には奉公先に戻るのだ。

お勝が番頭を務《つと》める質舗『岩木屋』も、この日は休みであった。

「おもとちゃん、わたしは長屋にいるから、お店に戻るときは寄っていってね」

お琴が声を弾《はず》ませると、

「わかった」

おもとは笑顔で頷《うなず》き、お勝にも会釈《えしゃく》をして根津権現社の方へと歩き出した。

「あぁあ。煙とともに帰っていったようだな」

岩造がぽつりと口にすると、

「うちのお父っつぁんは、あの世への帰り道を毎年迷ってるような気がしてならないよ」

女房のお富は、ため息交《ま》じりに呟《つぶや》く。

岩造夫婦や彦次郎の足元で燃えていた苧殻《おがら》から立ち上った煙は、いつの間にか絶《た》えていた。


送り火を済ませたお勝と三人の子供たちは、『ごんげん長屋』に戻るとすぐ、家の中の小さな盆棚を片付けた。

二段になっていた木枠《きわく》と棚板は来年も使うので、重ねて縛り、大家の伝兵衛の家にある納戸《なんど》に置かせてもらうのが、いつものことだった。

棚に敷いた白布は洗ってから乾《かわ》かし、行李《こうり》の中にしまうが、仏飯《ぶっぱん》などを置いていた筵は煮炊《にた》きの焚きつけにする。

上野東叡山からの、四つ（午前十時頃）を知らせる時《とき》の鐘《かね》が打ち終わると、

「ごめんよ。鶴太郎さんはいるかね」

路地から、聞き慣れない男の声が届いた。

縛った棚板を小脇に抱えたお勝が路地に出ると、大家の伝兵衛を従えた男が鶴太郎の家の戸口に耳を近づけていた。

何か――お勝は声を出そうとして、やめた。

年の頃三十ばかりの男の腰に差してある十手から、お上の御用を務める目明かしだと見て取れたのだ。

「鶴太郎さんなら、仕事に出ましたが」

お勝は、戸を叩こうとした男に声を掛けた。

「わたしもそう申し上げたんだけどね」

困惑した物言いをした伝兵衛が、

「こちらは神田の目明かし、丈八《じょうはち》親分だよ」

お勝に向かって声をひそめた。

「鶴太郎が逃げたってことはあるめぇな」

丈八は居丈高《いたけだか》な物言いをして、お勝と伝兵衛に不審の眼を向けた。

「どうして、鶴太郎さんは逃げなくちゃならないんです？」

「そんなことを、女子供にいちいち言うことはねぇよ」

丈八は鼻で笑うと、鶴太郎の家の戸を力まかせに開けた。

そこへ、目明かしの作造に続いて現れたのは、南町奉行所の同心、佐藤利兵衛《りへえ》である。

「これは佐藤様まで」

お勝が呟くと、

「十八五文《とおはちごもん》の鶴太郎が『ごんげん長屋』の住人と聞いて驚いたよ」

佐藤はお勝に向かって苦笑いを浮かべた。

「作造どん、こちらは」

丈八が声を低めて尋ねると、

「この辺じゃ、『かみなりお勝』と呼ばれて一目置かれている質屋の女番頭だから、おれも佐藤様も、前々から、何かと世話になってるんだよ」

「世話だなんて、とんでもない」

「そりゃ、お見それしまして」

丈八は頭に手をやって、お勝に向かって腰を折った。

「そんな、改まられたら、こっちが困りますよ」

笑みを浮かべたお勝は、右手を大きく打ち振ると、

「それで、鶴太郎さんにどんなご用が――」

少し改まって佐藤に問いかけた。

「鶴太郎が売り歩いてる十八五文の丸薬《がんやく》を飲んだ者が、三日前、苦しんだあげくに死んだんだよ」

「まさか」

思いもしない佐藤の返事に、お勝の声は掠《かす》れた。

そのとき、表通りの方から慌《あわ》ただしい足音がした。

「どうした」

駆け込んできた下っ引きの久助に声を掛けたのは作造である。

「得意先回りをしていた鶴太郎を、日本橋の目明かしが通塩町《とおりしおちょう》でふん縛って、神田須田町《すだちょう》の自身番に繫《つな》いだそうです」

久助は、一気にまくし立てた。

「佐藤様」

丈八から声が掛かると、佐藤は頷いて表通りへと足を向けた。

その後ろには、丈八、作造、久助が続く。

釣られたように足を踏み出したお勝が、

「佐藤様」

表通りに出たところで、声を掛けた。

佐藤は足を止めると、訝《いぶか》るような眼をお勝に向けた。

「わたしも自身番にお供してよろしいでしょうか」

「来てもいいが、鶴太郎とやらには会わせられませんよ」

「承知しておりますので、わたしは自身番の外で待たせていただきます。お調べの様子さえ知られればと」

お勝が腰を折ると、

「わかった」

ひと声掛けた佐藤は、目明かしたちを引き連れて、足早に不忍池の方へと向かった。

神田須田町の自身番は、通新石町《とおりしんこくちょう》と境を接している辻《つじ》の北の角地にあった。

その辻を南へと進めば、東海道《とうかいどう》の始まりとなる日本橋に通じている。

須田町の自身番に向かう道すがら、お勝は佐藤から、鶴太郎に嫌疑《けんぎ》をかけた経緯《いきさつ》を大まかに聞くことができた。

それによれば、十八五文《とおはちごもん》の丸薬を飲んで死んだのは、神田須田町二丁目の乾物屋《かんぶつや》『栄屋《さかえや》』の主《あるじ》、丹治《たんじ》だという。

元来の胃弱に加え、この二年ばかり、体全体が疲れやすく深いだるさも感じており、食欲も湧《わ》かず、ときどき、立ち眩《くら》みすることもあって、かかりつけの医者の処方で、散薬《さんやく》や薬湯《やくとう》を飲んでいた。

いつもは、安中散《あんちゆうさん》、麻黄附子細辛湯《まおうぶしさいしんとう》、苓甘姜味辛夏仁湯《りようかんきようみしんげにんとう》という物を飲んでいるのだが、三日前の朝に飲んだのは、十八五文の鶴太郎から買った丸薬だったのだ。

奉行所の検死役やかかりつけの医者の見立てによれば、丹治の死は薬物によるものらしいとの判定が出て、十八五文の丸薬を売った鶴太郎に嫌疑がかかったというのが、佐藤から聞いた顚末《てんまつ》である。

自身番に着くと、

「外で待つよう」

佐藤から指示を受けたお勝は、建物の外に建てられた纏《まとい》置き場近くで柵《さく》にもたれた。

自身番の横に年増女が立っているのが珍しいのか、通りがかりの物売りたちが、お勝の方をちらちらと窺《うかが》いながら通り過ぎていく。

ジャリっと上《あ》がり框《がまち》の外の地面に敷かれた玉砂利《たまじやり》を踏む音がして、建物の中から外に出てきたのは、年下の幼馴染みの銀平《ぎんぺい》だった。

「佐藤様から、外にお勝さんがいると聞いてね」

お勝の横に立つと、小さく笑みを浮かべ、

「おれと作造どんは、乾物屋の主が死んだ一件で佐藤様に呼び出されて、須田町の丈八親分を手伝うことになってるんだよ」

そんな事情を口にした銀平は、日本橋馬喰町《ばくろちよう》辺りを受け持っている目明かしである。

「しかし、驚いたよ。鶴太郎ってのが、『ごんげん長屋』の住人だとはさ」

銀平の感想は、お勝にしても同様である。

「それで、鶴太郎さんはなんて言ってるんだい」

「十八五文《とおはちごもん》の丸薬には、毒なんか入ってるわけがねえって言い続けてるよ」

銀平がそう洩《も》らすと、

「冗談じゃねぇですよ、旦那方」

鶴太郎の声が外にまで届いた。

「おれはあの薬を何年も、ほとんど毎日売り歩いてるんですよ。だけど、これまで一人として死んだ者はいねぇんです。おれから買った連中に確かめてくださいよ。だいたい、おれの薬を飲んでるのは何十、何百といるのに、なんで『栄屋』の旦那だけが死ぬんですかっ」

いい加減なところや小狡《こずる》さもあるものの、人当たりのいい鶴太郎には、憎めないところがある。

その鶴太郎が珍しく声を荒らげて訴えている理屈は、お勝にしても一理あるような気がする。

お勝が神田須田町の自身番に来てから半刻《はんとき》（約一時間）ばかりが経《た》っていた。

自身番の中では依然《いぜん》として鶴太郎の調べは続いていたが、同心の佐藤の指示を受けたものか、作造と銀平が前後して慌ただしく飛び出すと、別々の方向へ駆け出していった。

四半刻《しはんとき》（約三十分）ほど前にどこかへ向かった銀平が、着流しに半纏《はんてん》を羽織《はお》った五十絡みの男を伴《ともな》って戻ってくると、

「ただいま戻りました」

お勝が腰掛けていた上がり框の傍《そば》で声を掛け、半纏姿の男とともに畳の間に入り、障子を閉めた。

「富山町《とみやまちょう》代地《だいち》で香具師《やし》をしております、岩熊《いわくま》と申します」

すぐに、半纏の男のものと思《おぼ》しき神妙な声がお勝の耳に届いた。

「佐藤様、丈八どん、わたしは外におりますんで、何かあればお声を」

そんな言葉を口にした銀平が上がり框に出てくると草履《ぞうり》を履き、

「こっちへ」

自身番の外の、先刻お勝が立っていた辺りに誘った。

「おれが連れてきたのは、鶴太郎に十八五文《とおはちごもん》の丸薬を売ってる香具師の頭《かしら》だよ」

足を止めた銀平は、小声でそう告げた。

すると、

「まさか、あっしどもの丸薬で人が死ぬなんてこたぁ」

岩熊と名乗った男の、戸惑ったようなしわがれ声が自身番の外に低く届いた。

お勝も銀平も、思わず聞き耳を立てる。

「うちが十八五文に渡しております丸薬は、お役人様ならご存じかと思いますが、飲んでも、薬にも毒にもならない代物《しろもの》でございます」

岩熊の申し立てに、お勝と銀平は思わず頷く。

「それでなければ、十八粒で五文という安すぎる値などつけられやしません。こんなこと、大っぴらに世間には知られたくはありませんが、十八五文の丸薬は毒にも薬にもならねぇんです。言ってみりゃ、ただの気休めの薬ですから、飲んだからって何かに効くことも、まして死ぬようなもんでもございません」

必死に訴える岩熊の言い分には、お勝も頷ける。

「なんにでも効く十八五文の万能薬が、すべての病《やまい》に効くか効かないかは、飲む人の気の持ちようひとつでして」

以前、丸薬の効能を聞いたお勝は、自信に満ちた笑みを浮かべた鶴太郎から、そんな答えが返ってきた覚えがあった。

二

ほんの寸刻のお調べを終えた香具師の岩熊が、神田須田町の自身番をあとにした。

辻の先で左に曲がった岩熊が、小柳町《こやなぎちょう》の方へ歩き去るのを見送ったお勝は、

「いつまでもここにいても始まらないから、わたしは根津へ戻るよ」

銀平にそう言うと、小さくため息をついた。

「鶴太郎のことで何かあったら、知らせるから」

「あぁ。そうしておくれ」

銀平に返事をすると、自身番の陰に立っていたお勝は大通りへ出た。

筋違御門《すじかいごもん》の方へ向かいかけて、お勝はふと足を止めた。

行く手から、年増女と連れ立ってやってくる作造の姿があった。

「作造どんは、死んだ『栄屋』の主の女房を呼びに行ってたんだよ」

銀平は、お勝の傍に立って囁《ささや》いた。

「おぉ、お勝さん、まだいたのかい」

作造と年増女が、お勝と銀平の前に足を止めた。

すると、自身番の障子が開いて、上がり框に佐藤が姿を現し、

「店に行くだけで、ずいぶんと手間取ったじゃねぇか」

ぞんざいな物言いをしたが、その口ぶりには責めている響きはなかった。

「申し訳ありません。『栄屋』の主、丹治の女房の秀《ひで》と申します。わたしが弔《とむら》いのことで家を空けていたものですから、親分さんには、本郷のお寺まで足を延ばしていただくことになってしまいまして」

名乗った年増女は、作造に成り代わって、遅くなった事情を佐藤に述べた。

「忙しいときにすまなかったが、いろいろと聞きたいことがあったもんでね」

砕《くだ》けた物言いをした佐藤は、

「中に上がってもらおうか」

開いている上がり框の障子の中を指し示す。

「こっちへ」

草履を脱いだ作造が先に立って框に上がると、『栄屋』の女房のお秀はあとに続いた。

中に入りかけた佐藤がふと足を止め、お秀を先に中に入れると、

「帰るなら止めはしないが、銀平とここで話を聞いても構わないよ」

お勝の耳元で囁いて中に入り、障子を閉めた。

「どうする」

「佐藤様のご配慮だ。ありがたくお受けするよ」

そう返答したお勝は、銀平と並んで框に腰を掛け、

「中に入った女房は若いけど、死んだ『栄屋』のご亭主はいくつだったんだい」

障子の中に届かないよう声を低くして尋ねると、

「亭主の丹治さんは、四十を超したばかりだそうだ。須田町の丈八親分によれば、お秀は、丹治さんの後添《のちぞ》えだそうだよ」

銀平も小声で答えた。

「なるほど」

胸の内で独りごちたお勝は、閉まっている障子の方にちらりと眼を向けた。

亭主に死なれた直後で、地味な紺色《こんいろ》の単衣《ひとえ》を身に纏《まと》ったお秀だが、それがかえって艶《なま》めかしさを滲《にじ》ませている。二十八、九という年増ではあるが、顔立ちや仕草から婀娜《あだ》な匂いがこぼれ出ていた。

「『栄屋』の丹治と、五年前に死んだ先妻との間には、今年八つになるお千代《ちよ》という娘がいるらしいんだよ」

銀平が話を続けた途端、

「五年前になりますが」

障子の中の部屋から、奇《く》しくも「五年」というお秀の声がして、お勝と銀平は

つい耳を傾《かたむ》けた。

「わたしがときどき仕事を貰いに行っていた神田鍋町《かんだなべちょう》の口入れ屋《くちいれや》に行きますと、須田町の乾物屋から、当時三つの娘の世話をする女中が欲しいという依頼が来ていると伺《うかが》いましたので、斡旋《あっせん》をお願いしたのが『栄屋』との付き合いの始まりでした」

佐藤や丈八の前で事情を話しているお秀の声が、自身番の外にも微《かす》かに洩れ出た。

「先妻さんがお亡くなりになって三月《みつき》ほど経った時分に、わたしは住み込み奉公に上がったのです。台所女中もいることはいたのですが、三つになる娘さんに掛かりきりになることはできませんので、わたしはお千代さんの世話係として雇い入れていただいたのでございます」

お秀の声は、ことさら気負い込むことも沈むこともなく、淡々《たんたん》としていた。

「それで、丹治さんと祝言《しゅうげん》を挙げたのはいつだい」

「三年前でございます。旦那さんから、お千代のためにも夫婦になろうと切り出されたものですから」

佐藤の問いかけに答えたお秀の声には、微かに照れたような響きがあった。

「いきなりかい」

「え」

佐藤の唐突《とうとつ》な問いかけに戸惑ったらしく、お秀は聞き直す。

「それまでに、旦那とはなんにもなかったのかい」

佐藤の声に咎《とが》め立てするような響きはなかったが、

「奉公に伺ってから、一年ばかりした頃、旦那さんと二人、お酒を飲んでいた夜、つい、なるようになりまして」

躊躇《ちゆうちよ》したものか、ほんの少し間を置いたあと、お秀は小声で告白した。

「『栄屋』の旦那の体調が思わしくなくなったのは、今から二年くらい前のことだと近所の連中から聞いてるが、間違いねぇか?」

丈八の物言いには遠慮会釈《えんりよえしやく》もなく、聞いているとハラハラする。

「もともと体は弱いと聞いていましたが、夫婦になって一年くらいしてから食が細くなって、疲れやすくなったものですから、近所の玄了《げんりよう》先生から、四君子湯《しくんしとう》や安中散をいただいて、飲むようになったのです。それでも、頭がふらついたり、咳《せき》が止まらずに息苦しくなったりしましたので、麻黄附子細辛湯《まおうぶしさいしんとう》や苓甘姜味辛《りようかんきようみしん》夏仁湯《げにんとう》もいただいて、これらの薬を交互に飲むようにしておりました」

「医者から薬を貰えるのに、どうしてまた十八五文《とおはちごもん》まで買ったりしたんだい」

佐藤の物言いは、依然として穏やかなものである。

「お医者様からいただく散薬や薬湯を飲んではいましたが、うちの人がときどき、わたしの眼を盗んでは、飲み薬を裏の井戸端《いどばた》の溝《みぞ》に捨てているのを知ったんです。わたしが咎めますと、散薬は喉《のど》に詰まって苦いし、薬湯は臭《くさ》いと言って駄々《だだ》をこねまして。そこで先日、たまたま通りかかった十八五文から丸薬を買い求めたのです。十八粒で五文という安値でしたけれど、万病に効くと謳《うた》っていましたし、病は気からとも言いますから、それに縋《すが》ったのです」

お秀の受け答えに揺るぎはなく、聞いていたお勝は、胸の内で『なるほど』と呟いた。

「なるほど」

呟くような佐藤の声が、お調べの部屋から微かに聞こえた。

だが、すぐに、

「旦那は、文句を言わずに飲んだのかね」

とも問いかけた。

「鶴太郎さんは口もお上手でしたし、うちの人も、試してみるかと嫌がらずに口にいたしました。効くようならまた鶴太郎さんから買い求めようとまで話しておりましたのに、まさかその丸薬に毒が入っていたなんて。わたし、うちの人の言うことなんか、聞かなければよかった。それが悔《く》やまれて悔やまれて――」

声を震わせたお秀は、とうとう、低くむせび泣いた。

根津権現社にほど近い質舗『岩木屋』の台所は、静かである。

もともと表通りから離れたところに店は建っていたし、本郷の台地に続く近辺には広大な武家屋敷がいくつもあった。

板の間に膝《ひざ》を揃《そろ》えて茶を飲んでいるお勝の眼に、台所の土間を甲斐甲斐《かいがい》しく動き回る女中のお民《たみ》の姿が映《うつ》っている。

昨日の盆の送り火を済ませた途端、『岩木屋』は忙しくなった。

秋めいてはきたものの、夏の名残《なごり》の陽気が続いていて、涼しくはない。

にもかかわらず、朝方には単衣《ひとえ》の物を質に入れて、質草《しちぐさ》にしていた掻巻《かいまき》や綿入れを請《う》け出す気の早い連中が相次いだ。

その騒ぎが一段落したのは、九つ（正午頃）の鐘が打ち終わった直後だった。

先に昼の休息を取っていた手代の慶三と入れ違いに台所へやってきたお勝は、のんびりと茶を味わっていた。

「昨日、神田の方の自身番に引っ張られたっていう『ごんげん長屋』の十八五文《とおはちごもん》は、いったいどうなったんです」

鍋釜《なべかま》を洗い終えたお民が、前掛けで手を拭《ふ》きながら尋ねて、土間の框に腰を下ろした。

「自身番からの帰りがけに、『岩木屋』にもときどき顔をお見せになる同心の佐藤様から耳打ちされたんだけど、自身番から南茅場町《みなみかやばちょう》の大番屋《おおばんや》に連れていかれたんだよ」

お勝が耳打ちされたのは、『栄屋』の女房のお秀が自身番をあとにした直後だった。

『栄屋』の丹治は、鶴太郎が売った十八五文の丸薬で死んだとは確定しておらず、未《いま》だに調べの最中と言えた。

罪が確定した者は小伝馬町《こでんまちょう》の牢屋敷《ろうやしき》に入れることになるが、調べの済まない鶴太郎は昨日、江戸ご府内《ふない》に七、八か所ある調番屋《しらべばんや》のひとつに留め置かれることになったのだ。

「だけどね、昨日の夕方には、佐藤様と作造親分に連れられて『ごんげん長屋』

に帰ってきましたよ」

「無罪放免ということでかね」

そう口にしたお民は、眼を丸くした。

「まだ詳しい調べは済んじゃいないから、無罪放免というよりも、作造親分の言うことには、鶴太郎さんへの疑いは薄いということらしいね」

「ふぅん」

お勝の言うことに、お民は首を傾《かし》げた。

昨日、作造とともに鶴太郎を『ごんげん長屋』に連れてきた佐藤は、

「奉行所の検死役、牢屋敷に出入りする医者が、『栄屋』に残っていた十八五文の丸薬をすり潰して、金魚の泳ぐ鉢《はち》に溶かし入れたが、金魚に異変は起きなかったことを吟味役《ぎんみやく》に伝えたんだよ」

お勝にそう話してくれた。

つまり、『栄屋』の主、丹治の死因は、鶴太郎が売った十八五文の丸薬ではないと判断されたのだった。

しかし、

「とはいえ、何か、毒になるような物を口にして死んだことに間違いはないから、

丹治の死因がはっきりするまで、居所ははっきりさせておけ」

佐藤は鶴太郎にそう申しつけ、さらに、

「もし姿をくらませたら、お前が下手人《げしゅにん》と見て、江戸中を捜し回るから覚悟しておけ」

と釘を刺した。

「佐藤様、鶴太郎さんには決してそんな馬鹿なことはさせませんので」

大家の伝兵衛が代表して述べると、その場にいたお勝をはじめ、藤七や彦次郎、お富やお啓まで、鶴太郎からは眼を離さないと請け合った。

「なぁるほどねぇ」

感心したように声を洩らすと、お民は土瓶《どびん》を持って、お勝の湯呑《ゆのみ》に茶を注ぎ足す。

「お勝さんの長屋でそんなことが起きてるとも知らず、うちの旦《だん》つくは、今時分のんびりと多摩川《たまがわ》辺りを越したかどうかってとこだね」

「あぁ。豊治《とよじ》さんの帰りは今日だったねぇ」

お勝は、大山詣《おおやまもう》でに行ったお民の亭主のことを思い出した。

友人と連れ立って、十三日から相模《さがみ》の大山参りに行った亭主は、今日あたり根津に帰ることになっていると、出掛けた直後にお民から聞かされていた。

お勝の周りには、大山参りに行ったことのある男衆が多く、大山参りの行程についてはよく知っている。

行き帰りの道中は、最低三泊を要する。

行きに一泊して大山に着くと、宿坊《しゅくぼう》で一泊した翌日、山頂の石尊権現《せきそんごんげん》まで登ってから、江戸へ帰る途中でもう一泊することになる。

本来なら十六日には江戸に帰り着く計算だが、男どものお参りは、それだけでは済まない。

お参りを済ませたら、直会《なおらい》と称してひと晩遊び明かすのが、男どもの狙いである。大方、藤沢《ふじさわ》か江《え》の島《しま》辺りでひと晩宿を取り、濃い化粧をした宿場芸者たちと大騒ぎをするのだ。

「女房がそんなことぐらい知ってるってこと、あの男は気づいてないと思ってるのかねぇ」

そう言うと、お民はふんと鼻で笑う。

「お民さんが太っ腹で、豊治さんは幸せだね」

「なぁに、女遊びが毎晩続くわけじゃなし、二、三年にいっぺんくらい気晴らしをさせてやらないと、桶《おけ》を作る励《はげ》みにならないからさ」

そう言うと、お民はにやりとした。

「なるほど。家の実入りにも関わるということだねぇ」

「所帯を持った倅《せがれ》や娘の子に、着物の一枚も買ってやりたいじゃないかぁ」

お勝を見たお民は、片手で小さく虚空《こくう》を叩いた。

「番頭さん、南町の佐藤様が見えたよ」

店の方から現れた吉之助が板の間に立つと、お勝にそう告げた。

「それじゃ、わたしは旦那さんと入れ替わりに」

お勝が腰を上げると、

「お民さん、わたしにも茶を」

吉之助が板の間に膝を揃えた。


「これは、お揃いで」

廊下を通って、『岩木屋』の帳場に出たお勝は、思わず声を出した。

土間の框に腰を掛けているのは、佐藤と目明かしの作造だった。

「わたしは紙縒《こよ》りを」

佐藤たちの傍に座っていた慶三は立ち上がり、帳場の近くに移って、紙縒りを縒《よ》り始めた。

「何ごとですか」

佐藤と作造の近くに膝を揃えながら、お勝が問いかけると、

「例の、『栄屋』の亭主の弔いがあったんだよ」

佐藤が口を開いた。

「不忍池の西岸の、下谷茅町《したやかやちょう》の奥にある寺だよ」

作造がそう付け加えた。

「あぁ」

その寺の前は何度も通りかかっているから、お勝には見覚えがあった。

越中富山藩《えっちゅうとやま》、松平《まつだいら》家の上屋敷に接している寺がふたつあるが、弔いがあったのは、そのうちのどちらかであろう。

「どうしてまた、弔いにわざわざ」

お勝が訝ると、

「火付けをした下手人たちの多くは、どんな燃え方をするか見たくて、てめぇが火を点《つ》けた場所に戻るって話を、以前、火付盗賊改《ひつけとうぞくあらため》の知り合いから聞いたこと

があってね。その伝《でん》で、『栄屋』の丹治が何者かに殺されたとすれば、もしかして下手人が見に来てはいまいかと、弔いに来た顔ぶれを見てみようとさ」

「いましたか」

お勝はほんの少し身を乗り出した。

「それらしいのはいなかったがね」

佐藤からそんな言葉が返ってきた。そして、

「一緒に行った馬喰町の銀平どんの知り合いが、弔いの列に並んでたんだよ」

作造が思いがけないことを口にした。

「銀平どんによれば、本所回向院門前で菓子を作ってる『宝生庵《ほうしようあん》』の主人、五《ご》郎《ろ》兵《べ》衛《え》さんだということだったよ」

「あぁ。その菓子屋は、馬喰町の旅人宿《りよじんやど》なんかに菓子を届けてますから、銀平さんと顔見知りでも不思議じゃありませんね」

「弔いのあと、銀平が声を掛けたら、須田町の『栄屋』と繋がりがあるとわかったんだ。というのも、五年前に死んだ『栄屋』の先妻のおさいさんは、菓子屋の五郎兵衛さんの実の妹だったんだよ」

佐藤の打ち明け話に、

「そりゃ――」

思わず声を出したお勝だが、そのあとが続かなかった。

「銀平は、弔いが済んだら五郎兵衛さんと連れ立って本所に行くと言うから、お勝さんによろしくという言付けを預かってきたんだよ」

「それはわざわざ恐れ入ります」

お勝は佐藤に深々と頭を下げた。

「なぁに、そんなことはいいんだよ。銀平が顔見知りだと言うんで、おれたちもいろいろ話を聞き出せたしな」

佐藤が顔を向けると、

「へぇ」

作造は大きく頷いた。

「『栄屋』は、古手《ふるて》の番頭がいるからここしばらくは続けられるが、五郎兵衛さんが気にしていたのは、一人残された娘のお千代のことだったよ。後添えのお秀とは生《な》さぬ仲というわけだからな」

佐藤の言うことは、お勝にしても気になることではあった。

だが、五郎兵衛は佐藤に、しばらくは本所の『宝生庵』で預かることになったと、そう打ち明けたという。

　これまでも、父親の丹治の体調が思わしくないときなど、年の近い娘のいる五郎兵衛の家にたびたび行って、何日も逗留《とうりゅう》することがあったとのことだった。『栄屋』が元のように動き出したらお千代は須田町に帰すと、お秀との間で話はついているのだと、佐藤は五郎兵衛の口から聞いたという。

　実の母に続いて父親も失った八つの娘に行き先があったのは、不幸中の幸いであった。

　気がかりだったお勝の憂《うれ》いは、ひとつ消えた。

三

「ごちそうさま」

　西に日が沈んだ頃に夕餉《ゆうげ》を摂《と》り終えると、声を上げたお勝一家が一斉に動くのは、いつものことである。

　茶碗や箸《はし》など食事で使った物は、お勝が流しから持ってきた洗い桶に三人の子供が並べ、お琴は鍋釜を持って井戸へ行き、お勝とともに洗い物をする。

　その間、家に残った幸助とお妙は、四つの箱膳《はこぜん》を拭いて流し近くの隅に二段ずつ重ねて置いて、いつでも夜具《やぐ》を敷けるように板の間を掃《は》いたり拭いたりする。

だが、

「お、夕餉は済んだようだな」

路地から土間に足を踏み入れた銀平の声に、母子四人の動きが中断した。

「こんばんは」

子供たちは一斉に声を掛け、

「銀平おじさん、珍しいね」

お琴が問いかけると、

「ちょっと、おっ母さんに話があってさ」

銀平は、『すまない』とでも言うように、片手を挙げた。

「そしたら、お妙はわたしと井戸で洗い物するから、幸ちゃんは沢木先生のところに行って、素読《そどく》でもしてなさいよ」

「エエーッ」

幸助は、お琴の指示に露骨《ろこつ》に不満の声を上げた。

「ここはわたしが拭いておくから、幸助は藤七さんのところにでもお行きよ」

「わかった」

幸助はお勝の提案に乗るとすぐ、土間の履物を引っかけて路地へ飛び出した。

「みんなすまねぇな」

「ううん」

銀平に返事をしたお琴とお妙は、鍋釜と桶を抱えて井戸へと出ていった。

「話っていうのはなんだい」

土間近くに膝を揃えると、お勝は銀平に掛けるよう手で促《うなが》した。

「須田町の『栄屋』が、妙なことになりそうなんだよ」

框に腰を掛けるとすぐ、銀平は少し声を低めた。

『栄屋』の主人、丹治の弔いから三日が経った、七月二十日の夕刻である。

「今日、おれんとこに本所の菓子屋の五郎兵衛さんが来て言ったんだ。昨日の夜、『栄屋』の番頭の益次郎《ますじろう》が来て、五郎兵衛さんに泣きついたらしい」

銀平が五郎兵衛から聞かされたのは、『栄屋』のことだった。

丹治の弔いが執《と》り行われた翌日、番頭の益次郎をはじめ、手代二人と台所女中一人が仏間に集められ、お秀から「『栄屋』は近々畳《たた》むつもりだ」ということを知らされたという。

「わたしは当初、娘のお千代の世話係として奉公に上がった身の上ですし、旦那さんの女房になったとはいえ、商《あきな》いのことは素人《しろうと》ですから、続けられる自信などありません」

そのことが、お秀の話の主旨であった。

商いについては番頭が按配《あんばい》すると申し出たのだが、「人まかせにするのは申し訳ない」と、お秀の思いは頑《かたく》なだったという。

そして、家と土地を売ったら奉公人にはそれなりの支度金は出すつもりだから、今後の身の振り方を考えるようにと、お秀からそう突きつけられたのであった。

「五郎兵衛さんは、そんなことは一切聞いていなかったもんだから、急ぎ『栄屋』に行ったんだが、店は閉まっていてお秀はおらず、いつまで待っても帰ってきやしないんだよ」

それで、五郎兵衛は丹治の死についてお調べに関わっていた銀平を訪ねたのだと打ち明けたのである。

「お秀のやり口は、五郎兵衛さんだけじゃなく、誰が聞いたって妙だよ。弔いが済んだ途端、商売を畳んで土地屋敷を売るなんてよぉ。なんだか、亭主が死ぬのを待ってでもいたかのような早業《はやわざ》じゃねぇか」

銀平の言うことは、お勝にしても頷ける。

だが一方で、これほどあからさまに動いて、周りの眼を気にしないのだろうかという疑念も抱く。

お秀の動きが、あまりにも隙《すき》だらけなのだ。

「五郎兵衛さんの話を佐藤様にお伝えしたら、須田町の丈八親分とこっちの作造親分と、『栄屋』から離れた神田明神下《かんだみようじんした》の自身番で話し合うことになって、さっき別れたばっかりなんだよ」

「それで、佐藤様はなんと口になすったんだい」

お勝はさりげなく興味を示した。

「佐藤様は、お秀というのは、根っからの女中奉公をしていた女ではないようだと申されたよ。どこか垢抜《あかぬ》けているのも気になるからと、お秀について調べることになったんだ」

銀平から返ってきた言葉に、お勝は小さく頷いた。

お秀を初めて見たときから、商売物の乾物が放つ匂いより、艶めかしい女の匂いを強く嗅《か》ぎ取っていたことを、ふと思い返していた。

「おれもあちこち調べに飛び回るから、こっちには、いちいち知らせには来られねぇ。もし知りたいことがあれば、作造どんから聞いておくれ。差《さ》し障《さわ》りのないことは、教えてくれるはずだよ」

「わかった」

お勝は頷いた。

「それじゃ、おれはこれで」

腰を上げた銀平は、

「あ、お勝さんはそのままそのまま」

腰を上げかけたお勝をとどめると、片手を挙げて路地へと出ていった。

すると、

「おじさん、さよなら」

「また来てね」

井戸の方から、お琴とお妙の弾んだ声がすると、

「おぉ、また顔出すよ」

銀平の声も届いた。

根津権現門前町の自身番は、『ごんげん長屋』から北へ二町（約二百二十メートル）ばかり行った先にある。

すっかり日の暮れた表通りは、料理屋、旅籠《はたご》、居酒屋など、夜まで戸を開けている商家の明かりが洩れ出て、行《ゆ》き交《か》う人々を浮かび上がらせている。

「お秀のことを調べてわかったことがあるから、よかったら、夕餉のあとにでも自身番に」

作造の言付けを携《たずさ》えて、下っ引きの久助がお勝に知らせに来たとき、『岩木屋』は店じまい間近という頃おいだった。

『ごんげん長屋』に戻って子供たちと夕餉を摂ったお勝は、急ぎ片付けを済ませて、自身番に向かっていたのだ。

「勝ですが」

明かりの灯《とも》る自身番の外から声を掛けると、

「どうぞ」

開いている障子の間に顔を出した久助が、手で中を示した。

上がり框を上がったお勝が三畳の畳の間に入ると、作造と若い男が小さな火鉢《ひばち》を挟んで向かい合っていた。

「何か用があれば、わたしは次の間におりますから」

男はそう言うと、敷居で仕切られた板の間に入り、板戸を閉めた。

夜の自身番は、何人かの男たちが月ごとに交代で詰めることになっていたから、隣室に入った男はその役目を負っている一人なのだろう。

「須田町の親分や銀平どんと動き回ってるせいか、今日一日でいろいろなことがわかったんだよ」

作造は、久助がお勝の前に湯呑を置き、火鉢の近くに控えたところで静かに口を開いた。

「さようでしたか」

お勝は作造に、小さく頭を下げた。

「五年前、『栄屋』にお秀を斡旋した口入れ屋の『明石屋《あかしや》』によれば、その時分お秀が暮らしていたのは、神田八名川町《かんだやながわちょう》の『兵六店《へいろくだな》』だとわかってね」

そう話し始めた作造は、お秀の住む『兵六店』には男の出入りがあったと告げた。

お秀と男が激しく言い争う声は多くの住人が耳にしていたが、その男の名や素《す》性《じょう》を知っている者はいなかった。

「ところが、ひょんなことからその男の名に辿《たど》り着いたんだよ」

作造が密《ひそ》やかな声を出すと、傍にいる久助も小さく頷いた。

父親の丹治の体調がすぐれないときは、本所に住む伯父《おじ》の五郎兵衛に預けられていた娘のお千代が、一年ほど前の出来事を思い出したのだという。

そのときも丹治の具合が悪くなり、五郎兵衛の家に五日ほど逗留したあと、菓子屋『宝生庵』の奉公人に連れられて神田須田町の『栄屋』に帰る道中のことだった。

両国橋を渡ってすぐの、馬喰町三丁目の初音馬場《はつねのばば》近くの小路《こうじ》から若い女と言い争いながら飛び出してきたお秀を見たことがあると、お千代が話したというのだ。

お秀は罵《ののし》りながら若い女に摑《つか》みかかっていたが、あとから飛び出してきた若い男が、懸命に女二人を止めようとして難儀していた。

そのときお秀は、

「この女とは、とっくに切れたと言ってたじゃないかっ」

止めていた男に向かって声を荒らげたのを、お千代は耳にしていた。

「お千代の話を、馬喰町界隈《かいわい》に詳しい銀平どんに伝えたら、お秀と若い女が出てきた小路も長屋も男の名も、一刻（約二時間）もしないうちに捜し当ててくれましたよ」

そう言うと、作造は笑みを浮かべた。

銀平はお千代の話の内容から、二人の女と若い男が出てきた小路は、初音馬場の北側の日本橋橋本町《はしもとちょう》四丁目近辺だと目星をつけたのだと、作造が告げた。

馬喰町界隈の餓鬼大将《がきだいしょう》だった銀平は、古くからの顔馴染み数人を動かして近隣の家々や長屋を訪ねさせ、早々にお秀と揉《も》めていた若い女の住まいを突き止めたのだ。

若い女の住む長屋は、やはり橋本町二丁目の『初音店《はつねだな》』で、両国広小路《ひろこうじ》の水茶屋《みずぢゃや》で働く、今年二十一の茶汲《ちゃく》み女《おんな》、お俊《とし》ということまでわかった。

作造と銀平は、橋本町の自身番にお俊を呼び出して事情を聞くと、

「あのときは、七五郎《しちごろう》の行き先を捜してたお秀って年増女が、あたしんとこにいると睨《にら》んで押しかけてきたんですよ。睨んだ通り、前日から泊まってた七五郎がいたもんだから、年増のお秀は鬼になりやがってさ」

一年前の喧嘩沙汰《けんかざた》を、お俊は男の名を隠すこともなく、すらすらと白状し始めた。

「あの女はね、七五郎はわたしの情夫《いろ》だから切れろと言いやがったんだ」

お俊は、作造と銀平を前にして伝法《でんぽう》な物言いをし、

「あたしだって負けちゃいられないから、七五郎さんは年増女に飽き飽きしてる

んだよぉって、そう言ってやったよ」

お俊の勝気がお秀に火を点けたようで、ついに路上での摑み合いになったようだと、作造は述べた。

作造と銀平の調べに対して、自身番でのお俊の物言いや表情は穏やかで、聞いたことには素直に答えたということだった。

「そんなお俊は話し出したら止まらないようで、七五郎から聞いたというお秀との馴《な》れ初《そ》めまで喋《しゃべ》ってくれたんだよ」

そう言うと、作造の顔に笑みがこぼれた。

お俊の話によれば、今年二十八になる七五郎は、日本橋室町《むろまち》の薬種問屋《やくしゅどんや》の車曳《くるまひ》きをしていた六年ほど前にお秀と知り合ったらしい。

七五郎がお俊に語ったところによれば、その時分、本郷に住む初老の医者の家に、月に何度か数種の薬草を届けに行っていた。

その医者は何年も前に女房を亡くしたと聞いていたが、その家には若い女が妾奉公《めかけぼうこう》として住み着いていることを知った。それが、二十二、三の時分のお秀だったという。

その後、お秀とは医者の眼を盗んで出合茶屋《であいぢゃや》で逢瀬《おうせ》を重ねるようになった七五郎は、蔵からくすね盗《と》った薬草の横流しが知れて、薬種問屋から放逐《ほうちく》された。

だが、深い仲になっていたお秀から金を引き出しては、気ままな暮らしに明け暮れていたようだ。

その頃、本郷の医者が死んで妾奉公の実入りがなくなったお秀は、口入れ屋の斡旋で乾物屋『栄屋』に、子守女中として住み込み奉公をすることになったのだ。

「お俊が七五郎から聞いたところによると、医者の妾奉公をしている時分より、『栄屋』に住み込んでいた頃の方が家を空けるのが楽だとお秀は言っていたそうだよ。お千代のために使うと言えば、丹治は惜しみなく金を出したようで、お秀が貢《みつ》いでくれる金が途切れたことはなかったと脂下《やにさ》がっていたそうだ」

「それを傍で聞いていた銀平親分が、帰り道、『七五郎って奴は、嫌な野郎だぜ』と舌打ちをしておいででしたよ」

下っ引きの久助が口を開くと、作造は笑って頷いた。

「今聞いた話から、お秀という女が貞淑《ていしゅく》な女房じゃなかった様子はわかりましたが、旦那が死んだことと関わりがあるのかどうかはなんとも言えませんね」

お勝が呟くと、

「いやぁ。銀平どんとも話をしたが、『栄屋』の旦那は十八五文《とおはちごもん》の薬を飲んだあとに死んでるんだよ。その女房のお秀は、以前は医者の妾奉公をしていたし、七五郎は薬種問屋の車曳きをしていたってのが、引っ掛かるといや引っ掛かるんだ。二人してこうも医者と薬が絡んでるとなると、何かあるとしか思えねぇよ」

言い終えた作造は胸の前で両腕を組むと、小さく息を吐いた。

四

日が沈んで四半刻ばかりが経った『ごんげん長屋』の井戸端に、六《む》つ（午後六時頃）を知らせる上野東叡山の鐘の音が届いている。

井戸端では、とっくに夕餉を済ませたお勝やお六、彦次郎やお富が鍋釜などの洗い物をしている。

鐘の音が止《や》んだ直後、密やかな足音をさせた鶴太郎が井戸端に姿を現した。

「お帰り」

お富とお六が同時に声を掛けたが、鶴太郎は「はぁ」と小さく息を吐いて、路地に入り、自分の家の中に消えた。

「どうしたんだろ」

お富が小さく不審の声を洩らすと、

「わたしが行ってくる」

立ち上がったお勝は帯に下げていた手拭《てぬぐ》いで手を拭きつつ、井戸から四軒目の鶴太郎の家の戸口に立った。

「鶴太郎さん、入るよ」

お勝は、鶴太郎の返事を待たずに戸を開けて、土間に足を踏み入れた。

板の間に項垂《うなだ》れて胡坐《あぐら》をかいていた鶴太郎は、

「お勝さん、おれの疑いはほんとに晴れたんだろうか」

と、呟きを洩らした。

「何があったんだい」

お勝が静かに問いかけた。

「なんだか、おれにはいつもどこからか目明かしの眼が向けられてるようで、落ち着かねぇんだよ。気もそぞろで、十八五文《とおはちごもん》売りにも心から打ち込めねぇし」

お勝には返す言葉がなかった。

「今日、須田町の『栄屋』の前を通りかかったけど、店は戸を下ろして閉まってるし、それもこれも、おれが売った丸薬が引き起こしたことかもしれねぇと思うとさぁ」

そう口にした鶴太郎は、細く長い息を吐いた。

「鶴太郎さんなら、帰ってきてますよ」

井戸端の方から、お富の声がしてすぐ、

「お勝さんもいましたか」

路地から顔を差し入れた作造は、「昨日はどうも」とお勝に会釈をした。

おそらく、根津権現門前町の自身番で、お秀に関わる七五郎とお俊という二人について話をした昨夜のことに違いなかった。

「親分は、おれを見張っておいでですか」

鶴太郎が、掠れた声を不安げに作造に投げかけた。

「見張ってはいねぇよ」

そう返答した作造は、開いていた戸を静かに閉めた。

「ここだけの話だが、今後のお調べ次第で、鶴太郎の疑いは晴れるかもしれねぇ」

「親分、それはどういうことなんで？」

お勝は声を抑《おさ》えて問いかける。

「銀平どんから、何か聞いていねぇかい」

「ちょくちょくは来られないと言ってましたから。それに何かあれば、作造さんが話をしてくれるだろうとも」

お勝の言い分を聞いた作造は小さく頷くと、耳をそばだてて戸の外の様子を窺い、

「実は昨日、お秀が出掛けたあと、同心の佐藤様や南町奉行所の小者たちと『栄屋』の中に忍び込んだんだよ」

作造の話は、思いもしないことだった。

銀平や丈八などの調べから、七五郎やお俊という者が浮かび上がったことで、佐藤の疑惑の目がお秀に向けられたようだと、作造は洩らした。

『栄屋』の家捜《やさが》しをしたところ、お秀の寝間の簞笥《たんす》の引き出しの底から、薬研《やげん》ですり潰したと思しき薬草の粉を入れた紙袋がいくつか見つかった。

奉行所や牢屋敷に出入りする医者が調べたところ、甘草《かんぞう》と附子《ぶし》の粉だと判明したという。

「それは、毒ですか」

掠れた声を掛けたのは、背筋を伸ばした鶴太郎だった。

「毒じゃねぇ。というより、薬に用いる薬草だ。だがな、他の薬草と混ぜ合わせて使うことが多いんだが、その分量を間違えれば、毒にもなるという代物らしい。

その毒は、すぐにどうこうなるというもんじゃねぇが、ひと月ふた月と、長い間続けて飲んでいると、体に不調が出ることがあるらしい」

「ということは」

お勝は、思わず口を挟んだ。

「分量を間違えて飲み続けていると、知らず知らず病を引き起こして、わけのわからない死に方をすることがあるとも言うんだよ」

「それじゃ、『栄屋』の旦那が死んだのは、そんな薬草とは知らずに、女房から飲まされていたってことですか」

お勝が作造に尋ねると、

「今、そうだとは言えないがね。医者の家に住み込んで妾奉公をしていたお秀と、薬種問屋の車曳きをしていた七五郎なら、薬の効能に通じていても不思議じゃねぇ」

作造が口にしたことは、お勝も頷けることだった。

「ただ、お秀が亭主の薬に細工をしたという確かな証《あかし》がないんだよ。七五郎の塒《ねぐら》がわからないから、本人から話を聞くこともできねぇ。出掛けたお秀が、どこかで七五郎と逢《あ》い引《び》きでもしてくれりゃ、自身番でいろいろ問い詰めることもできるんだが」

　そこまで口にした作造は、

「今夜からおれたちは手分けして、お秀の動きを見張ることになってるんで」

　そう言うと、「邪魔したね」と手を挙げ、路地へと飛び出していった。

「鶴太郎さん、作造親分の話で、少しは安心したんじゃないのかい」

　お勝が声を掛けると、鶴太郎はただ、「はぁ」と大きく息を吐いた。

「とにかく夕餉を摂って、元気をお出し」

　陽気な声を掛けて鶴太郎の家を出たお勝は、すっかり暗くなった井戸へと足を向けた。

　そのとき、

「おっ母さん、洗いかけの茶碗なんかは、お富さんが洗って届けてくれたよ」

　家の戸口から顔を突き出したお琴から、そんな声が掛かった。

「わかった」

　お勝がお富の家の方に足を向けたとき、手拭いを肩に載せた鶴太郎が路地に出てきて、

「湯屋で汗を流してきますよ」

小さな笑みを残すと、表通りの方へと足を速めていった。

お勝の家の中は、射し込む日の光で眩《まぶ》しいくらいである。

日の出から一刻（約二時間）近くが経った『ごんげん長屋』の路地に射す朝日が、戸口や流しの脇の障子紙を通して家の中を光で満たしているのだ。

とっくに朝餉を摂り終えたお勝と子供たちは、路地の掃除や芥出《ごみだ》しなどをしたあと、着替えも済ませていた。

五つ（午前八時頃）に始まる手跡指南所《しゅせきしなんじょ》に行く幸助とお妙は、持参する冊子や筆記用具などを揃えており、その傍《かたわ》らにある鏡台に向かっているお勝は、髪を櫛《くし》で梳《す》いている。

「おはようございます」

沢木栄五郎の声がすると、井戸にいた住人の何人かから、口々に挨拶《あいさつ》の声が飛び交った。

「ほら、沢木先生は指南所に向かわれたよ。幸ちゃんまだ揃わないの？」

長屋に残って家事を務めているお琴が、幸助を急《せ》かす。

去年まで手跡指南所に通っていたお琴は、今でも栄五郎のことを先生と呼んでいる。

「わたしは揃ったから、先に行くね」

兄の幸助にそう言うと、お妙は結んだ風呂敷包《ふろしきづつ》みを抱えて土間に下り、

「行ってきます」

下駄《げた》の音を立てて路地へと飛び出した。

「お妙ちゃん、行っといで」

お富の声が響き渡ると、お志麻からは「気をつけて」という声が掛かった。

「さて、わたしも」

鏡台に覆《おお》いを被《かぶ》せて、お勝も腰を上げた。

『ごんげん長屋』から根津権現社前の質舗『岩木屋』までは、三町（約三百三十メートル）足らずの道のりである。

店に着いて他の奉公人たちと掃除や店開きの支度を整えても、店を開ける五つには十分に間に合う。

「お琴、あとは頼んだよ」

声を掛けて路地に出たお勝は、井戸端で足を止めた。

「お啓さんやお志麻さんは、今朝はのんびりだったねぇ」

二人に声を掛けると、

「うちの人の今日の仕事は、珍しく昼近くに行くことになってるんで助かってるよ。たまにはのんびりさせてもらわないと、わたしの身が持たないからね」

お啓からそんな声が返ってきた。

お啓の亭主の辰之助は植木職だから、暗いうちに朝餉を摂って家を出ることが多い。

「うちのは、この二、三日足腰が痛いから足力《そくりき》（按摩《あんま》）にでも行くと言ってますよ」

そう口を開いたお志麻の亭主は、重い書物を背負って町中を歩く貸本屋である。歩くのに慣れているとはいえ、知らず知らず疲れが足に溜《た》まっているに違いない。

「番頭の治兵衛さんはさっき足袋屋《たびや》に出掛けていったし、左官の庄次も青物売《あおものう》りのお六さんも、とっくに仕事に出ていった」

手拭いで顔を拭いたばかりの藤七が空を見上げて、まるで芝居の台詞《せりふ》のように節《ふし》をつけて声にした。

「それに引き換え、家で仕事のできるわたしは、ありがたいよ」

うがいを済ませたばかりの研《と》ぎ師《し》の彦次郎が、しみじみと口にした。

「行ってきまぁす」

風呂敷包みを抱えた幸助が、声を張り上げて井戸の傍を駆け抜けていった。

「それじゃ、わたしも」

お勝が表通りへと向かいかけたとき、

「ね、お勝さん、昨夜、鶴太郎さんは湯屋から帰ってきたよね」

お啓から声が掛かった。

「夕方帰ってきて、ちょっと話をしたあと、湯屋に行ったのは見かけたけど」

お勝が訝るような声を出した。

「お志麻さんがね、そのあと鶴太郎さんが家に戻ってきた様子がないって言うもんでね」

お啓がそう言うと、お志麻は頷いた。

「あぁ。おれも今朝、鶴太郎が起き出したような音を聞いてねぇなぁ」

藤七までそう口にして小首を捻《ひね》った。

お志麻と隣に住む藤七から、そんな言葉が出たことに小首を傾げたお勝は、

「ちょっと、家の中を」

独り言を呟いて路地へと引き返し、鶴太郎の家の前に立った。

「開けるよ」

声を掛けて引き開けた戸の間から顔を差し入れて家の中を見回したが、人の気配はない。

「大家さんが銀平さんと連れ立って現れるとは、珍しいね」

藤七の声にお勝が振り返ると、銀平を伴った伝兵衛が井戸端に立つのが見えた。年に何度か『ごんげん長屋』に顔を出している銀平がお勝の幼馴染みだということも、馬喰町界隈で御用の筋を務めていることも知られていた。

「朝から、どうしたんだい」

お勝が銀平に問いかけると、

「鶴太郎さんがね、通旅籠町《とおりはたごちょう》の自身番に留め置かれてるっていう知らせを、こちらが」

伝兵衛は青ざめた顔でそう言うと、傍らの銀平に眼を向けた。

「えっ」

低く声を詰まらせたのはお志麻で、その他の者たちは声もなく、体を強張《こわば》らせた。

お勝は銀平と並んで日本橋の牢屋敷方面へと急いでいた。

そのすぐ後ろには、先刻から何度もため息をついている伝兵衛がついてきている。

店子《たなこ》が罪を犯《おか》せば、大家は番所に赴《おもむ》いて役人の調べに立ち会ったり、情状《じょうじょう》の酌量《しゃくりょう》を求めたりもする。ときには、大家の責務を怠《おこた》ったとして、罰を下されることもあった。

鶴太郎が留め置かれたという自身番には、同心の佐藤をはじめ、目明かしの作造や丈八も詰めており、伝兵衛は呼び出しを受けたのである。

「わたしもついていっちゃいけないかね」

お勝は、不安げな伝兵衛が気がかりだった。

同時に、鶴太郎に何が起きたのかも知りたくて、銀平に伺いを立てると、

「それは構わねぇよ」

そんな言葉が返ってきた。

お勝は、町小使《まちこづかい》を生業《なりわい》にしている藤七に、

「のっぴきならない用が出来たので、店に行くのは昼頃になる」

そんな言付けを、『岩木屋』に届けてくれるよう託して、銀平や伝兵衛とともに『ごんげん長屋』をあとにしていたのだった。

「昨夜は、須田町の丈八親分と根津権現門前町の作造親分たちと交代で、『栄屋』にいたお秀の動きを見張っていたんだよ」

通旅籠町の自身番へと向かう道々、銀平はお勝に、昨夜起こった一件を語り始めた。

昨夜の五つ頃（午後八時頃）、時の鐘が打ち出されるとすぐ、『栄屋』の中に灯っていた明かりが、ひとつふたつと消えたという。

それからほどなくして、『栄屋』の裏口に通じる路地から女の影が出てきた。

『栄屋』のはす向かいにある居酒屋から見張っていた丈八は、髪形や歩き方からそれがお秀だとわかり、連れていた下っ引きの二人とあとをつけたのである。

「その時分、おれと作造親分は、佐藤様の役宅のある八丁堀《はっちょうぼり》に近い南茅場町の大番屋で待機してたんだよ」

銀平はそう言うと、

「須田町から日本橋の方へ向かっていたお秀は、室町三丁目手前の辻を左へ曲がったんだよ」

お秀をつけていた丈八たちの動きに話を戻した。

室町の辻で左に進んだお秀は、道に迷うことなく東へと向かい、大伝馬町《おおでんまちよう》を一丁目二丁目と進み、人形町通り《にんぎようちようどお》と交わる辻で右に曲がり、最初の辻を左に取って大丸新道《だいまるじんみち》に入り込んだ。

「あの辺は、昔っから、あんたが遊び回ってた辺りじゃないか」

お勝が口を挟むと、

「そうなんだよ。大丸新道に入って半町（約五十五メートル）ばかり先に稲荷《いなり》があるのは覚えてるだろう」

銀平に問い返された。

「あぁ」

馬喰町生まれのお勝は大きく頷く。大丸新道の光景はくっきりと眼に浮かべることができる。

「お秀は、稲荷のすぐ傍の『稲荷店《いなりだな》』って、五軒長屋が二棟《むね》向き合ってる奥の家に、まるでてめぇの家みてぇに、声も掛けずに入っていったそうなんだよ」

その家を確かめた丈八は、一人の下っ引きを南茅場町の大番屋に知らせに走らせると、すぐ大家を訪ね、お秀が入った家の住人が七五郎という名の男だと知った。

だが、丈八は焦《あせ》ることなく、佐藤や作造、銀平などが駆けつけるまでの間、明かりを灯していた『稲荷店』の住人たちから、七五郎の人となりや暮らしぶりを聞き取っていた。

それによると、人当たりはよく、店賃を溜めることはないが、なんの仕事をしているかはわからないというのが、大家をはじめ、大方の住人の答えだった。

「七五郎が『稲荷店』の住人になって二年ばかり経つが、初手は昼間から年増女がやってきて仲良くしてたものの、この一年は、その女とは言い争いの方が多かったよ」

長年『稲荷店』に住んでいるという老婆からは、辟易《へきえき》とした声が返ってきたという。

「丈八親分の下っ引きが知らせに来るとすぐ、おれは佐藤様と作造親分と大番屋を飛び出したんだ」

銀平はその後の経緯を話し出した。

同心の佐藤をはじめ銀平や作造らは、丈八が下っ引きを走らせてから半刻もしないうちに『稲荷店』に駆けつけることができた。

佐藤の指示で、『稲荷店』の裏表を銀平と、下っ引きを連れた作造が詰めることになり、佐藤と、下っ引きを連れた丈八が七五郎の家に入り込むという算段が整った。

作造と銀平が持ち場につくとすぐ、佐藤と丈八が明かりの灯る七五郎の家の戸口に立った。

長屋の裏手に潜《ひそ》んでいた銀平は、

「七五郎さん」

丈八が家の中に声を掛けたのを耳にした直後、突然荒々しく戸が開けられる音と同時に、男の喚《わめ》く声がしたのに驚いた。

「てめぇ、何をしやがる」

凄《すご》みを利《き》かせた佐藤の声と、七五郎の家の中から荒々しい音が続いたので、銀平は『稲荷店』の路地に駆けつけた。

「するとね、立ちすくんだ七五郎らしき男の足元にはお秀が座り込み、その二人の前に、匕首《あいくち》を手にした鶴太郎が、丈八親分と下っ引きに押さえ込まれていたのが見えたんだ」

押さえつけられてもなお、

「お前ら、旦那が死んだのをおれのせいにしようとしやがって！」

鶴太郎はいつまでも、お秀と七五郎へ向けて怒りの声を吐き続けていたと言って、銀平はお勝に語り終えた。

五

通旅籠町の自身番は、大丸新道の一本北側を東西に貫《つらぬ》く大通りに面していた。

そこから一町（約百九メートル）ほど北には、小伝馬町の牢屋敷がある。

秋の日を浴びた通りは、多くの人や荷車の行き交いで騒然としていた。

刻限は五つ半（午前九時頃）という頃おいと思われる。

江戸で随一《ずいいち》の商業地の一角にあるこの一帯は、朝の暗いうちから活気が漲《みなぎ》っているのだ。

お勝と伝兵衛は、銀平に続いて自身番の中に上がった。

三畳の畳の間には、佐藤と丈八の前に座らされた鶴太郎が項垂れており、作造の姿はなかった。

「このたびはお手数でございました」

伝兵衛は畳に手をつくと、佐藤に向かって頭《こうべ》を垂れた。

「鶴太郎にこれという罪科《つみとが》はないんだが、向こうの二人の調べには欠かせないと思って留め置いたんだよ」

そう口にした佐藤が、奥の板の間に座らされているお秀と若い男を顎《あご》で示した。

「例の、七五郎だよ」

銀平がお勝に、若い男を手で指し示した。

それぞれ後ろ手に縛られたお秀と七五郎は、板壁に設えられたほたと呼ばれる鉄の輪に繋がれていたが、顔をそむけている。

「畳の間は狭いんで、銀平さんには隣に移ってもらいましょうか」

丈八が板の間に促すと、

「作造どんも根津に引き揚《あ》げられたし、あとは丈八親分にまかせて、わたしもこれで」

銀平は丈八にそう言い、さらに、

「佐藤様、何かご用があれば、なんなりと」

佐藤に顔を向けた。

「うん。昨夜はご苦労。何かあれば使いを出すから、少しは寝るんだな」

「へい」

銀平は、佐藤と丈八に頭《こうべ》を垂れると、障子を開けて外へと出た。

「大家さん、こんなとこに引っ張り出して、何かとすまねぇことで」

しおらしい声を出した鶴太郎が、伝兵衛に頭を下げた。

「だが大家さん、おれがこんなこと言うのは筋違いだろうが、鶴太郎があの二人に腹を立てた気持ちはわかるじゃねぇか」

佐藤は、板の間に繋がれているお秀と七五郎を顎で示すと、そう言い放ち、

「鶴太郎は昨日、おれらがお秀と七五郎に眼をつけたってことを作造がお勝さんに話しているのを聞いたんだってね」

その言葉を聞いたお勝は「あぁ」と声を出しそうになったが、なんとか抑えた。

たしかに昨日、鶴太郎の家で、お秀と七五郎の繋がりが話に上っていた。

しかも、甘草や附子《ぶし》という薬草の使い道にも通じているらしいという推測も、作造は口にしたのだ。

「それで、『栄屋』近くに行って目明かしたちの動きを密かに窺ったと、鶴太郎は白状したよ」

佐藤の言葉に、鶴太郎は殊勝に頷いた。

「だが、相手が悪でも、匕首で刺してりゃただじゃ済まなかったんだぜ」

「申し訳ありません」

畳に両手をついた鶴太郎は、佐藤をはじめお勝や伝兵衛に向かって何度も額《ひたい》をこすりつけた。

「それにしても、お前ら、てめぇの欲のためにとんでもないことをしたもんだなぁ」

立ち上がって、板の間の近くに胡坐をかいた佐藤が、ほたに繋がれているお秀と七五郎に厳しい眼を向けた。

「おとなしく『栄屋』の後添えとして収まっていりゃよかったものを、こんな男にしがみついたばかりに、横道に逸《そ》れることになってしまったなぁ、お秀」

佐藤から声が掛かると、お秀は険しい顔をしてプイと横を向く。

「七五郎の気持ちが自分から離れて、お俊とかいう若い女に向かったことが悔しくて、なんとか金で繋ぎ留めようとしたんだろう。分量を間違えたら毒にもなる薬草を混ぜて、旦那に飲ませ続けて死に至らしめ、店ごと乗っ取ろうとさ」

「そうなんです。みんなこいつが言い出して、おれに甘草や附子を都合しろとそそのかしたんですよ」

七五郎は、佐藤の話の尻馬に乗った。

「今さら何を言いやがるっ。旦那が死んで『栄屋』の土地と家を売ったら山分けだと舌なめずりしたのは、あんたじゃないかっ」

お秀は七五郎に向かって声を荒らげ、目を剝《む》いた。

「うるせぇ、おとなしくしやがれ。おめぇらが望んだ通り、『栄屋』の丹治は死んだんだ。この悪党ども、ただで済むと思うなよ」

佐藤の凄む声に息を吞《の》んだお秀と七五郎は、ほたに繋がれたまま、お互いに背中を向け合った。

「こいつら、飲ませる薬湯や散薬の分量のせいで死んだとわかるのを恐れて、鶴太郎から買い求めた十八五文《とおはちごもん》の丸薬を、『栄屋』の旦那に飲ませたんだよ」

丈八が吐き捨てるように口にすると、

「おれの薬で死んだことにするために、この野郎っ」

ガッと立ち上がった鶴太郎を、

「お待ち」

お勝は咄嗟《とっさ》に引き留め、その場に座らせる。

「この馬鹿野郎どもがぁ」

鶴太郎はお秀と七五郎を悔しげに睨みつけると、

「お前ら、甘草や附子みてぇな高価な薬草が手に入るなら、まともな使い方しろよ。おれなんか、そんなもん手に入らねぇから、なんに効くかもわからねぇ十八五文を苦労して売り歩いてるんじゃねぇか。そんなおれの苦労も知らねぇで、大事な薬を悪事に使いやがって。毒にも薬にもならねえってもんを売ってるおれらの惨《みじ》めな思いを知りもしねぇでこのヤロッ」

言葉を詰まらせて、唇《くちびる》を噛《か》んで項垂れた。

「いろいろ策を弄《ろう》したものの、結局は、お前らが自身番の索《さく》に繋がれたということだ」

そう言うと、佐藤はふふと鼻で笑った。

すると突然、お秀に向き直った七五郎が、

「だから言ったじゃねぇか。薬なんてまどろっこしいことをしねぇで、濡れた紙を顔に載せて旦那を殺せばよかったんだよぉ。それなのにおめぇが、薬、薬と言うから」

お秀に向かって毒づいた。

「今さら遅いよ。丹治が死んだら『栄屋』の家と土地を売った金を山分けにすると言ってお前を繋ぎ留めようとしたが、それだけじゃ心許《こころもと》ねぇと、お前を悪事に引き込んだんだよ。そうしておけば、裏切られたときには、お前を脅《おど》す種《たね》になるからな」

佐藤がお秀の思惑を述べると、

「おめぇ！」

七五郎は立ち上がろうとしたものの、縛られた腕を丈八に摑まれて、板の間に無様に引き倒された。

「お前が若い女にすり寄っているのを、どんな思いで見てたと思うんだよ。あたしが諦《あきら》めの悪い女だってことに、あんたは気づかなかったのかよぉ」

お秀は、板の間に倒れた七五郎を見下ろすと、片頰《かたほお》をひくつかせて不敵な笑みを浮かべた。


質舗『岩木屋』は、根津権現社の敷地の南側にある。

したがって、縁日や躑躅《つつじ》の見物に人が押しかける時節には、『岩木屋』にまでそのざわめきが届く。

この何日か、根津権現社界隈に涼風《すずかぜ》が吹いて、秋らしくなっていた。

午前中は、損料貸《そんりょうが》しの貸し出しや質草の請け出しなどで、お勝は帳場の机に腰を落ち着ける暇《ひま》もほとんどなかった。

昼を過ぎてやっと、帳面付けに取り掛かったところである。

乾物屋『栄屋』の後添えのお秀とその情夫《じょうふ》の七五郎は、主の丹治に細工した薬草を用いて死に至らしめたという嫌疑で、小伝馬町の牢屋敷に入れられた。

十八五文《とおはちごもん》の鶴太郎にかけられていた疑いは晴れ、同じ日に『ごんげん長屋』に戻ることができた。

それから三日が経った昼である。

「いらっしゃいまし」

手代の慶三の声に、お勝が顔を上げると、

「お仕事中に申し訳ありません。『宝生庵』の五郎兵衛にございます」

羽織《はおり》を着た本所『宝生庵』の五郎兵衛が、饅頭笠《まんじゅうがさ》を被った担《かつ》ぎ売りを伴って土間に入ってきた。

「どうも」

饅頭笠を軽く持ち上げて声を出したのは、四角い風呂敷包みを背に担いだ十八五文の鶴太郎である。

「おや、二人して何ごとですか」

意外な組み合わせにそんな声を出したお勝は、帳場を立つと、土間の近くに動いて膝を揃える。

「朝から売り歩いてたんだが、笠の紐《ひも》がちぎれたんで、長屋で直してたんですよ」

饅頭笠を外して紐を見せた鶴太郎は、お勝を訪ねてきた五郎兵衛を案内したのだと述べた。

「これは、このたびいろいろと奔走《ほんそう》していただいたお勝さんへの心ばかりのお礼の品でございます」

少し改まった五郎兵衛が、持参した菓子箱をお勝の前に置いた。

「大家の伝兵衛さんにも同じ物を届けてくれて、長屋のみんなでと、そう言ってくれたよ」

鶴太郎が言い添えた。

「でしたら、これは『岩木屋』のみんなでいただくことにしましょうかね、慶三さん」

「はい。ありがたく」

慶三は、五郎兵衛に頭を下げると、恭《うやうや》しく菓子箱をお勝から受け取った。

「お訪ねしたのは、お知らせしたいこともあったんでございます」

五郎兵衛はさらに改まった。

「はい」

お勝まで畏《かしこ》まった。

「須田町の『栄屋』はこのわたくしが引き継《つ》ぎますが、商いについては、番頭の益次郎さんが、わたしの名代《みようだい》として引き受けてくれることになりましたことを、お知らせに伺いました」

「それは何よりですが、娘のお千代さんは」

気になっていたことを、お勝は口にした。

「お千代は当分、本所のわたしどもの家に引き取ることにいたしました。お千代もそう望みましたのでね」

「そりゃよかった」

お勝は、腹の底から安堵《あんど》の声を洩らした。

馴染んだ親戚の家で暮らせるなら、お千代も気が楽だろう。

「それじゃ、わたしは」

五郎兵衛が辞去《じきよ》の挨拶をすると、

「もう少し売り歩くから、おれも一緒に」

鶴太郎は、五郎兵衛と一緒に表へと出ていった。

お勝は急ぎ履物に足を通して土間に下り、

「五郎兵衛さん、わざわざおいでくださり、ありがとうございました」

表に向かって腰を折り、ゆっくりと頭を上げた。

「番頭さん、お民さんに茶でも淹《い》れてもらいましょうか」

慶三が、手にした菓子箱を持ち上げた。

「そうだね。手の空いた者から食べてもらうことにしようか」

「はい」

笑みを浮かべた慶三は、菓子箱を持って帳場の脇から台所の方へと消えた。

「なんにでも効く万能薬だよっ」

表から、十八五文《とおはちごもん》の売り声が届いた。

「十八粒で五文の万能薬だよ」

遠ざかっていく鶴太郎の声を聞いて、お勝の顔に笑みが浮かんだ。

第三話　身代わり

一

　七月下旬ともなると、昼間に吹く風は涼やかで、このところ心地がよい。

　秋は空が高くなると言うが、根津権現門前町の通りを行く人の足音も、売り物の効能を謳《うた》う担《かつ》ぎ商《あきな》いの連中の声も、まるで天上へ吸い込まれるように消えていく。

　このところ、時節の花を咲かせている谷中の寺々の庭を見ようという人が訪れており、帰りには根津権現社に立ち寄ったり、昼餉《ひるげ》を摂《と》りに表通りの料理屋に上がったりするので、町は賑《にぎ》わっていた。

　月見や虫聞きの時節が近い、昼下がりである。

　質舗『岩木屋』を出たお勝は、弥太郎が曳《ひ》く大八車の横に並んで、三叉路《さんさろ》に差しかかっていた。

「お勝さん」

男の声が掛かったのは、三叉路を右へ曲がりかけたときだった。

「これは先生」

足を止めたお勝は、供を連れて立ち止まっていた、医者の白岩道円《しらいわどうえん》に軽く頭を下げた。その傍《かたわ》らには、薬箱を提《さ》げた顔見知りの医師見習い、平山貢《ひらやまみつぐ》と薬籠《やくろう》を担いだ下男の段六《だんろく》の姿があった。

「先生は今日、乗り物ではないのですか」

「すぐそこの板倉《いたくら》様のお屋敷の往復だから、乗り物を使うほどのことはないよ。それにほら、陽気もいいし、鳥のさえずりのするこの辺りは、歩くにかぎるよ」

お勝にそう返答すると、道円は楽しげな顔で辺りを見回した。

道円が口にした板倉様というのは、備中庭瀬藩《びっちゅうにわせ》二万石の藩主、板倉越中守《えっちゅうのかみ》家のことである。

備中庭瀬藩の江戸上屋敷は湯島の天神石坂下《てんじんいしざかした》にあり、その下屋敷が、根津からほど近い下駒込村《しもこまごめむら》にあった。

髪が黒々としている、齢《よわい》五十ほどの道円は、庭瀬藩の藩医を務《つと》めているので、乗り物に乗って往診してもいい身分である。

「ではここで」

そう口にして行きかけた道円が、

「あ」

声にならない声を洩《も》らして足を止めた。

「これから、お出掛けかね」

「えぇ。損料貸《そんりようが》しで貸し出した物を引き取りに行くところですが」

お勝が返答すると、

「帰りは、遅くなるのかな」

道円は、思案顔で呟《つぶや》いた。

「いえ。これから行くのは、池之端の三味線屋《しゃみせんや》さんと天神下《てんじんした》ですから、一刻（約二時間）もあれば」

そう口にしたお勝は、確かめるように弥太郎を見る。

「へぇ。一刻もあれば、戻ってこられます」

弥太郎はお勝に成り代わって、道円に頷《うなず》いた。

「そしたら、『岩木屋』のご主人の返事次第だが、うちに来てもらいたいんだよ。知恵者のお勝さんに、相談に乗ってもらいたいことが出来《しゅったい》したものでね」

従者の二人からさりげなく離れた道円は、お勝の傍《そば》でそう囁《ささや》いた。

「わかりました。戻りましたら、旦那様にお許しを得まして、なんとか」

「忙しければ日を改めるから、どうか無理なく」

一言付け加えた道円は、根津権現社の方へと足を向けた。


お勝は、日が西に傾《かたむ》いた七つ（午後四時頃）に『岩木屋』を出た。

根津権現門前町の三叉路で遭遇《そうぐう》した白岩道円と別れて損料貸しの品々を引き取ったお勝が、車曳《くるまひ》きの弥太郎と『岩木屋』に戻ったのは、予想した通り、一刻後の八つ半（午後三時頃）という頃おいだった。

医者の白岩道円から、相談したいことがあると持ちかけられたことを主《あるじ》の吉之助に告げると、

「帳場はわたしが座るから、番頭さんは道円先生のお屋敷に行きなさい」

そんな返事があり、その後は『岩木屋』に戻ることなく、そのまま長屋に帰るよう促《うなが》された。

だが、お勝は半刻《はんとき》（約一時間）ばかり帳場の机に向かって帳面付けをして、店じまいまであと半刻という刻限になってから『岩木屋』を出て、白岩道円の屋敷

へと向かったのである。

『岩木屋』から道円の屋敷までは、一町半（約百六十三メートル）ほどである。

根津権現社地の神主屋敷と小道を挟んだ南側の武家地の中に、瓦屋根《かわらやね》の小ぶりな薬医門《やくいもん》を構えていた。

お勝の子供たちが熱を出したときなど、何度となく訪ねていたし、『岩木屋』の主一家も道円の世話になっていた。

薬医門を潜《くぐ》ったお勝の眼に、日の翳《かげ》った建物の奥から現れた人影が三つ、式台《しきだい》に立つのが映《うつ》った。

武家の妻女《さいじょ》らしい装《な》りをした、今年二十五になるお松《まつ》に従ってきたのは、道円の片腕と言われる医者、大和田源吾《おおわだげんご》と、四十代半ばの屋敷の女中、おらくだった。

「お勝さん、お久しぶり」

式台に背筋を伸ばして立ったお松から、凛《りん》とした声が掛かった。

「お松様、お越しでしたか」

「お竹《たけ》もお梅《うめ》もたびたび来ているということを聞いたものだから、わたしもたまには来ないと、父上に顔を忘れられますからね」

道円の三人娘の長女のお松が、二人の妹の名を出して笑みを浮かべた。

「そんなことはございませんよ」

お勝は片手を左右に打ち振ると、

「お竹様やお梅様と違って、お武家に嫁《とつ》がれますと、外出するのも何かと難しいと聞いておりますから」

お勝が武家の堅苦しさを口にした。

「でもね、大久保《おおくぼ》の家は結構さばけているほうよ」

開《あ》けっ広《ぴろ》げな物言いをしたお松は、曇りのない笑顔をお勝に向けた。

お松をはじめ、二人の妹たちの飾り気のない気立ては、道円屋敷で育《はぐく》まれたものに違いないと、お勝はかねがねそう感じていた。

大名家の藩医を務める医者の中には、身分の軽い者たちの診療をしない尊大な輩《やから》がいるが、道円は身分の上下にこだわらず快《こころよ》く受け入れていた。

したがって、近隣の子供たちは気兼ねなく薬医門を潜って邸内を遊び場にしていたし、お松ら姉妹もその遊びに加わっていたこともお勝は知っている。

「では、そろそろ」

お松が呟くと、大和田とおらくは式台を下りた。

お松が履物に足を通し終えると、建物の陰で待っていたらしい侍と侍女《じじょ》が現れて、軽く頭《こうべ》を垂れた。

「おらくさん、お土産《みやげ》をありがとう」

「いいえ」

お松に返事をしたおらくは、手にしていた風呂敷包《ふろしきづつ》みを侍女に渡した。

「では、お勝さん、またいずれ」

お松はそう言うと、先に立った侍に続いて薬医門へと向かい、通りへと姿を消した。

「わたしはこのまま台所に行きますから、源吾さん、お勝さんを、先生のところにお連れして」

大和田に指示をして、おらくは建物を回り込むようにして裏手へと立ち去った。

「どうぞ」

大和田に促されて下駄《げた》を脱いだお勝は、式台に上がった。

三人姉妹の長女、お松は、上州《じょうしゅう》の小藩の江戸屋敷詰めの藩士の家に嫁いですでに六年が経《た》っている。すぐ下のお竹は、日本橋の薬種問屋《やくしゅどんや》に嫁ぎ、三女のお梅は、芝増上寺《しばぞうじょうじ》門前にある名だたる料理屋の跡継《あとつ》ぎに嫁いでいた。

道円の妻は、お梅が縁付く前年に、病《やまい》で身罷《みまか》っている。

「お勝さん、今日は何ごとですか」

廊下を進みながら、先に立った大和田から声が掛かった。

「道円先生が、話があると仰《おつしや》いますのでね」

「ひょっとしたら、縁談の口でも勧められるんじゃありませんかね」

振り向いた大和田が、真顔で囁いた。

「わたしは、三人の子持ちですよぉ」

お勝は思わず素《す》っ頓狂《とんきよう》な声を上げた。

すると、

「それがなんですか、お勝さん」

大和田は平然と言い返し、

「熱があったり頭が痛くなったりすると、道円先生のもとにおいでになる男衆の中には、六十を超えてもなお商いを続ける旦那や、四十半ばという若さで早々に隠居してのんびりお過ごしの元旦那もおいでになります。そういう方々の中には、女房を亡くして独り身になったお人もおりまして、大年増でも構わぬ、子持ちの女でもよいから、後添《のちぞ》えに迎えたいと願っているお方もいらっしゃるのです」

重々しい声でそう続けた。

住み込みの見習い医者の平山貢より十《とお》ほども年上の大和田は、三十五になる妻子持ちの通い医者だが、腕は確かだと耳にしている。

現に、道円から代診をまかされるほど信頼されているのだが、ときどき、真顔で冗談を言うことがあるから、気をつけなければならない。

「そういう話になったら、考えてみることにしますよ」

お勝は大和田の話に合わせると、その背を見ながら廊下を進んだ。

二

廊下を二度曲がった先で大和田が膝《ひざ》をつくと、お勝も足を止めた。

「お勝さんをお連れしました」

大和田が、閉まっていた障子の向こうに声を掛けた。

「お勝さん、どうぞ」

聞き慣れた道円の声がすると、大和田が障子を引き開けた。

「待ってましたよ」

草木の植わった庭に面した部屋で茶を飲んでいた道円が、畳に湯呑《ゆのみ》を置いた。

「では、失礼して」

お勝が部屋に入ると、

「では、わたしは」

大和田が障子を閉め、ほどなくして隣室の板戸が開け閉めされる音がした。

隣室は、薬棚や治療に使う器具などがある診察部屋で、道円が茶を飲んでいる部屋とは、壁ひとつで隣り合っていた。

お勝が通された部屋が、仕事の合間に道円が休息を取るための場であることは、以前から知っている。

「たった今、おらくから聞いたが、玄関で松に会ったそうだね」

「はい。お目にかかるたびに、ご立派な奥方におなりになって」

お勝は、正直な思いを口にした。

その直後、

「失礼いたします」

湯呑を載せた盆を持った女中のおたまが、庭に面した縁に立った。

「お入り」

道円が声を掛けると、今年十八のおたまが、強張《こわば》った顔をしてお勝の前に湯呑を置いた。

「しばらく、呼ぶまでは誰もここに通さないように」

「はい」

おたまは道円に頭を下げると、縁に出て去っていった。

腰を上げた道円は、おたまの去った縁をさりげなく窺《うかが》うと、静かに障子を閉めた。

「何かございましたか」

「ん」

道円はお勝の問いかけに曖昧《あいまい》な声を発して、元の場所で胡坐《あぐら》をかいた。

「いつもにこやかなおたまさんの顔色が、なんだか曇っていたようで」

「話というのは、そのおたまのことなんだよ」

道円が、いつになく弱りきった顔つきになった。

「おたまさんが、何か」

「実は、身籠《みご》もっているのだよ」

「え」

思いもしない道円の言葉に、お勝は思わず問い返してしまった。

すぐに道円は頷き返したが、

「おたまさんは、まだ嫁入り前の身では――？」

さらなる問いかけにも、道円は大きく頷いた。

そして、仕事柄、妊婦を診《み》ることもある道円は、半月ほど前、おたまの体の異変に気づいたのだという。

「大和田や平山が出掛けたことがあった夕刻、おたまをここに呼んで尋ねたんだよ。いや、無論、いきなり、身籠もっているのではなどとは切り出せないから、体の具合を聞いたよ。その時分、たまに動くのが幾分しんどそうにしていたからね。そんな話をしていくうちに、月のものに変わりはないかと聞くと、途端に顔を伏せたのだよ」

「はい」

お勝は頷いた。

「どうしたと聞くと、俯《うつむ》いたまま、しばらくは何も言わなかったおたまが、月のものがないと言って、声を殺して泣き始めたんだ」

その後、おたまから話を聞き出すと、男と情交《じょうこう》に及んだことがあると告白したという。

その時期などから、おたまが身籠もってから、すでに四月《よつき》は過ぎていると道円は見ていた。

「それで、相手は」

「そのことも問うたのだが、それにはなかなか口を開こうとしないんだよ。さらに聞き出そうとすると、ここを辞《や》めさせてもらうと言い出す始末なんだよ。しかし、身籠もった体でどうするのかと思うと、ここから追い払うようなかたちにはしたくなかったから、それ以上は聞かないことにしたよ」

そう決めてから何日か経ったある日、

「おたまの腹の子の父親は、わたしです」

と、名乗り出た者がいたのだと、道円は小声でお勝に打ち明けた。

「一年半ほど前から、備中国から江戸に来て、当家に寄宿《きしゆく》している祐筆《ゆうひつ》の、中《なか》村権十郎《むらごんじゆうろう》様だそうだ」

その侍の名に、お勝は聞き覚えがあった。

そればかりか、道円屋敷で何度か挨拶《あいさつ》を交《か》わしたこともあるのだ。

口数は少ないが、物言いがはきはきとして、好感の持てる侍だった。

道円によれば、国元の家老の配下に属する数人の祐筆は各種の文書を掌《つかさど》り、諸々の願い書を調べたり記録に残したりする職掌《しよくしよう》だという。

藩政を導く家老たちの傍にいる祐筆や用人《ようにん》たちは、幅広い見識《けんしき》が要《い》るということで、庭瀬藩では何年かに一度、二、三人の藩士を江戸に差し向けて、他藩の有り様などを学ばせる慣習が続いていた。

祐筆の一人である中村権十郎が江戸に来たのもその一環《いっかん》だったのだが、もうひとつの用件を負っていたことを道円から聞いていた。

庭瀬藩の国元では、五人の藩医のうち、二年前に長老の一人が老衰《ろうすい》で死に、蘭学《らんがく》を学んだ若い医師が流行《はや》り病《やまい》で急死したため、藩医の補充が急務となっていた。

国元においても伝手《つて》を頼って医師を探してはいるが、江戸に詰めることになった中村権十郎にも、備中に赴《おもむ》いてくれる藩医探しの役目があったのである。

「江戸勤番《えどきんばん》となると、本来は中屋敷か下屋敷に寝泊まりをするものだが、庭瀬藩の下屋敷は狭いうえに、経費の削減のあおりを受けて、多くの藩士を国に戻し、奉公人の雇い入れも減らしていたんだよ。一人とはいえ、勤番者の世話に藩邸の数少ない人手は割《さ》けないと耳にしたので、一人ぐらいなら当家で預かると申し出たところ、寄宿することになったのが中村様というわけだ」

そこで道円は小さく息を継《つ》いだ。

「その中村様が、おたまの腹の子の父親は自分だと、お認めになったんだよ」

「そうでしたか」

呟きに似た声を洩らしたお勝は、実直そうな権十郎の容貌《ようぼう》を思い浮かべた。

「その中村様は、おたまさんを嫁にするおつもりはおありなのでしょうか」

おたまの今後が気になったお勝がそっと尋ねると、

「そうはいかないんだよ、お勝さん」

困ったような顔をした道円から、渋い声が返ってきた。

「おたまさんの身分や出自《しゅつじ》に差《さ》し障《さわ》りがあるということでしょうか」

「いや。身分に差し障りがあるのなら、いくらでも手立てはある。いずれかの武家の養女にすれば済むことだしな」

「では」

お勝は思わず身を乗り出した。

「中村様には、国にご妻女と二人の子がおいでになるのだよ」

あ――お勝は出しかけた声を、慌《あわ》てて呑《の》み込んだ。

権十郎は、おそらく三十を二つ三つ超えたくらいである。国元で要職に就《つ》いている身ならば、とっくに妻を娶《めと》っているのが当然だった。

「それで、思案に暮れてしまって、お勝さんに声を掛けてしまったようなわけでね」

　呟くような声を洩らした道円は、小さく「はぁ」と息を吐いた。

　西に傾いた日が本郷の台地に隠れたようで、白岩道円の屋敷は途端に翳った。日の入りまでにはまだ半刻ほどの間があるのだが、本郷の台地の東側にある根津権現社近辺は、他所《よそ》よりも早く日は翳る。

「中村様が藩邸から戻られました」

　ほんの寸刻前、茶の差し替えに来たおらくがそう伝えると、

「中村様に、着替えが済んだらここにおいでくださるよう伝えてくれないか」

　道円がおらくに、権十郎を部屋に呼ぶよう頼んだ。

　するとお勝も、

「もし、手があるようなら、『ごんげん長屋』の娘に、少し遅くなるとどなたかに伝えてもらいたいのだけどね」

「薬籠担ぎの段六さんがいますから、ひとっ走りしてもらいますよ」

　お勝の依頼も引き受けたおらくは、すぐに部屋をあとにしていた。

　お勝が道円に乞《こ》われて話し合いを持ってから、四半刻《しはんとき》（約三十分）以上は経っ

ている。

「中村ですが」

廊下の障子の外から、聞き覚えのある声がした。

「お入りください」

道円が声を掛けると、袴姿《はかますがた》の中村権十郎が障子を開けて部屋の中に膝を進め、

「お勝さん、お久しぶりです」

障子を閉めてお勝に向かい、改まって会釈《えしゃく》をした。

「たまに、男衆の曳く大八車と通りを歩く姿を見かけておりました」

権十郎は、にこやかな笑みを浮かべた。

「中村様、実は、おたまが孕《はら》んだ子のことで知恵を借りようと、お勝さんに話をしたところだったんですよ」

道円が口を開くと、

「お騒がせして、申し訳ありません」

権十郎は両手を腿《もも》に置き、二人に向かって深く頭を下げた。

「月が経ちすぎて、今から堕胎《だたい》を施《ほどこ》すには母体にもよくないので、思案に暮れていることもお勝さんには伝えてあります」

道円の話を聞いた権十郎は、ひと呼吸置くと、

「おたまさんには、子を産んでもらいたいと思います」

はっきりと口にした。

物言いに淀《よど》みはなく、権十郎の覚悟のほどが窺えた。

「おたまさんが産んだとして、あなた様はその子と母親をどうなさるおつもりでしょうか」

お勝の問いかけに権十郎を責める響きはなく、素朴な疑問を投げかけただけのことだった。

「中村様はいつか、江戸の勤めを終えて、国にお帰りになられます。そのお国には妻子がおいでだということは、たった今、道円先生から伺《うかが》いました。江戸で子を産んだおたまさんは、いったいどうしたらいいとお思いでしょうか」

お勝の物言いは、依然《いぜん》として穏やかだった。

すると権十郎は、大きく息をすると、

「おたまさんが産んだ子は、男児であれ女児であれ、わたしの子として引き取り、国元に連れて帰る所存です」

「なんと」

道円が、権十郎の言葉に声を詰まらせた。

「それは、おたまさんも承知していることでしょうか」

お勝が尋ねると、

「おたまさんにとっても、その方がよいと思うのです。とはいえ、このことは、おたまさんには話しておらず、承知してくれるかどうかはわかりません」

権十郎の発する言葉に淀みはなく、迷いも窺えなかった。

「しかし」

呟きを洩らした道円は、次の言葉を探しあぐねたのか少し間を置いて、

「中村様はどうして、というか、何ゆえそのぉ、おたまと、つまり――」

そこまで口にした末に、言い淀んでしまった。

が、すぐに、

「国元から殿様の参勤《さんきん》に従って江戸に参られた藩士や、中村様のように一年二年と江戸詰めをなさる方々の多くは、この辺りや両国、深川《ふかがわ》の色町《いろまち》に通って息抜きをなさいます。そういうところにお上がりになれば、中村様ならおそらく、女子《おなご》衆からは引く手あまたのはず。それが何ゆえ、屋敷のあの、おたまだったのかが――」

そのあとの言葉を呑み込んで、道円は得心がいかぬとでも言うように首を捻《ひね》る。

すると、

「道円殿、それではおたまさんに対し、いささか失敬ではありませんか」

権十郎が小さな笑みを浮かべて、やんわりと窘《たしな》めた。

「いやいや、決しておたまを悪《あ》しざまに言うつもりはなく、言わばその――」

「艶《なま》めかしい色香《いろか》を振りまくような娘ではないと仰りたいのではありませんか」

お勝が助け船を出すと、

「そそそ、そういうことですよ」

道円は大きく頷いた。

「しかし、男というものは、色香だけに靡《なび》くというわけではないと思い知りました。わたしがこちらにご厄介《やっかい》になって一年半。道円殿の手足となっている見習い医者の平山さんをはじめ、薬籠担ぎの段六さんや他の奉公人の方々とともに、朝餉夕餉を頂戴《ちょうだい》しております。ときには通いの大和田さんも加わることもあって、台所は忙しいというのに、おらくさんもおたまさんも、いつも甲斐甲斐《かいがい》しく立ち働き、わたしどもの世話をしてくれる姿を見てまいりました。わたしの用が重なったり、書き物に時を取られたりして洗濯をし忘れたときなど、おたまさんから、遠慮なくわたしに言いつけてくださいと言ってもらいました。わたしが、江戸には独り者の男や武家屋敷の男どものために洗濯を請《う》け負う商いがあるからそこに頼むと言いますと、それはもったいないと叱《しか》られました。町の洗濯屋に頼めば、御《お》あしを払わなければならないと、わたしの懐《ふところ》具合まで気にかけてくれたのです。それ以来、洗濯はおたまさんにお願いしています。出掛けるときに、おたまさんが用意してくれた竹籠《たけかご》に洗濯物を入れて部屋に置いておくと、その日のうちに洗ってくれるのです。それればかりではなく、書き物をする紙が足りなくなって使いを頼むと、嫌な顔ひとつせず、表通りの紙屋にも走ってくれました」

権十郎が口にした紙屋は、お勝一家も馴染《なじ》みの『西湖堂《さいこどう》』に違いないと、お勝は察した。

「しかも、わたしが上屋敷に出掛けたあと、部屋の掃除をしてくれていることに気づきました。障子に穴を開けたときも、こっちは非番の日に穴を塞《ふさ》げばいいとのんびり構えていたのですが、いつの間にか、花びらの形に切られた紙で障子の穴が塞がれていたことがありました。おそらく、おたまさんの仕事と思われますが、自分の口からは、そうしておきましたとは一言もいいません。礼を言われたいとも、褒《ほ》められようとも思っていないのです。いいことをして気づかれなくても一向に構わないという無欲の境地にはほとほと感心しました。そんなおたまさんの姿勢に、わたしの男心がつい、揺れ動いたのでございます」

話し終えると、権十郎は両手を太腿《ふともも》に置いて、上体を前に小さく折った。

その直後、

「うぅん」

道円の口から、小さく唸《うな》るような声が洩れ、

「わかる」

という呟きを発すると、

「おたまの誠実さには、わたしも常々感心しておりましたが、しかし、腹の子が中村様のお子とは――」

そこまで口にしたところで、大きく息を吐き出した。

「わたしは、いずれ国元へ戻ることになりますが、その前におたまさんが子を産んでいれば、その子を引き取り、備中へ連れていくつもりです」

権十郎の発言に、お勝は思わず口を開けたが、声にはならなかった。

「それで道円殿にお願いがございます。そのようなことになりましても、おたまさんを是非、このお屋敷の奉公人として働かせていただきたいのです」

「いや、そのことに否《いな》やはないが」

「中村様にお尋ねしたいことがございます」

お勝は、言い淀んだ道円の間隙《かんげき》を衝《つ》くように、口を挟んだ。

「おたまさんの産んだ子を連れ帰っても、お国のご妻女が受け入れられなかったら、どうなさるおつもりですか」

「妻には、なんとしても承知してもらいます」

「ですけど」

「頭を下げてでも、承知させるつもりです」

そう言い切った権十郎の物言いに、自棄《やけ》になったような響きはなかった。

声高にもならず、静かな返事だった。

それがかえって、権十郎の並々ならぬ覚悟のほどを窺わせた。

そのとき、廊下の障子が勢いよく開き、膝を揃《そろ》えていたおたまが、土下座《どげざ》をするように両手をついた。

「どうした」

道円が声を掛けると、

「申し訳ありません。これ以上ご迷惑をおかけするわけにはいきませんので、お暇《ひま》をいただきとうございます」

　顔を伏せたまま、おたまは押し殺したような声を出した。

「暇を取って、どうするというのだ」

　道円より先に口を開いたのは、権十郎だった。

「葛飾《かつしか》に帰って、子を産みます」

　おたまは頭を下げたまま、小さな声で答える。

「四ツ木村《よつぎむら》の親元に帰っては、産まれた子を抱えて、おたまさん、そなたの暮らしは立たないのではないのか」

　権十郎が、これまでにないほどの厳しい声で口にした。

「わたしが働けば、なんとか」

「無理だ」

　権十郎は、おたまの言い分を一言で押さえ込むと、冷静な口調で続ける。

「生まれ在所《ざいしょ》の四ツ木村の近辺に、働けるような場所があるのかい。話に聞けば、遠く離れた千住宿《せんじゅしゅく》とか浅草に近い向島《むこうじま》辺りでないと、働く場はないというではないか」

　顔を伏せて廊下に両手をついたおたまの口から、「ウウウ」という呻《うめ》き声が洩れ出た。

「村の家には、二親《ふたおや》と父方の祖父母、姉とひとつ違いの弟は住み込みの奉公に出ているものの、親元にはまだ二人の弟がいるというではないか。そこへそなたが戻り、子を産んだら、八人になるのだぞ。そのうえ、子を産んですぐは、子に乳を飲ませなければならず、ろくろく働くこともできないのだ。それでは、今でも汲々《きゅうきゅう》としているという家族の暮らしはさらに苦しくなるじゃないか。そんなところでは、子は育てられぬぞ、おたまさん」

物言いは穏やかだったが、おたまの里の様子に踏み込んだ権十郎の話は重みがあった。

「だけど、だけど――」

何か答えようとしたものの言葉にはならず、おたまはやがて、声を上げて泣き出してしまった。

三

日が沈んでから半刻ほどが経った頃おいである。

『ごんげん長屋』のお勝の家では、母子四人が夕餉の膳《ぜん》に着いていた。

白岩道円の屋敷に立ち寄ったお勝は、台所女中のおたまを孕《はら》ませたのは、屋敷に寄宿している庭瀬藩士、中村権十郎ということを知らされたあと、当の権十郎を交《まじ》えて道円と善後策《ぜんごさく》を講じていた。

だが、その場におたまが顔を出したことで話し合いは頓挫《とんざ》してしまい、お勝は四半刻ほど前に『ごんげん長屋』に帰ってきた。

お琴やお妙の働きで、すでに夕餉の支度は整えられていて、家に上がるとすぐ、夕餉を摂り始めていたのである。

「おっ母さん、道円先生のところで何かあったの？」

お琴に問いかけられて、

「ううん」

お勝は慌てて返事をした。

「だって、さっきからあんまり口も利《き》かないし、箸《はし》だってときどき止まってるじゃないの」

お妙からの指摘に、どう言おうかとお勝が戸惑っていると、

「腹が減ってないんなら、おれが半分食べてやってもいいよ」

幸助から的外《まとはず》れな声が上がった。

「ずっと働いてたおっ母さんが、お腹空かさないわけないじゃないのよ」

「けど、食いたくなさそうだしさ」

お妙の言葉に幸助は不満そうに口を尖《とが》らせたが、飯を頬張《ほおば》ることは忘れていない。

「でもおっ母さん、帰ってきてから、ずっと考えごとしてたでしょ」

お琴の声には、お勝を労《いたわ》るような響きが籠《こ》もっていた。

「ごめんごめん。今日はちょっと、いろいろあったもんだから。でも大丈夫」

笑顔を作って声を張り上げると、お勝は飯を口に入れた。

お琴たち三人の子供たちも箸を動かしたが、言葉はなく、お勝の様子に不安を覚えていることが、ひしひしと感じられる。

お琴をはじめ、幸助もお妙も、親とはぐれたり、火事に遭《あ》ったりして孤児となった身の上である。

町役人《ちょうやくにん》や土地の目明かしから、子供たちに降りかかった事情を聞いたお勝は、一人、また一人と引き取って育ててきた。

そんなことを思い出したお勝は、おたまが産もうとする子は、備中に帰国する権十郎には託さずに、自分が引き取ってやろうかという考えが頭をよぎってしまった。

自分が引き取りさえすれば、おたまはいつでも江戸にいる我が子の顔を見られるのだ――そんな思いに駆られて、お勝は思わず家の中を見回すと、

「ここにもう一人、赤子なんてねぇ」

そんな呟きが、口から洩れ出た。

「え」

箸を止めたお琴が、お勝に眼を向けた。

「ううん」

お勝は慌てて首を横に振ると、忙しく箸を動かした。


日本橋馬喰町の表通りは、いつものことながら、お店者《たなもの》や荷車の行《ゆ》き交《か》いで賑わっている。

多くの旅人宿《りよじんやど》をはじめ、反物屋《たんものや》や木綿問屋などが軒《のき》を並べている一帯を、お勝が足早に歩《ほ》を進めていた。

白岩道円の屋敷を訪ねた翌日の午前である。

根津権現門前町界隈《かいわい》は朝から曇っていて、朝日を拝《おが》むことはできなかった。

日本橋界隈も雲に覆《おお》われてはいるものの、雨が降りそうな気配はない。

質舗『岩木屋』が店を開けてすぐ、質草《しちぐさ》や損料貸しの品々を収めている蔵の番をしている茂平《もへい》に頼まれた脇差《わきざし》の研《と》ぎを、日本橋金吹町《かなふきちょう》の刀剣屋に依頼し終えた帰路である。

お勝は、自分が生まれ育った馬喰町でお上の御用を務めている、幼馴染《おさななじ》みの銀平に用があった。

母親と二人で暮らす馬喰町二丁目の銀平の生家で声を掛けると、

「裏に回ってくれよ」

家の奥からそんな返事があった。

勝手知ったる裏庭に回ると、縁側に腰掛けた銀平が、物干しの竹竿《たけざお》で揺れている単衣《ひとえ》の着物や褌《ふんどし》を眺《なが》めて、満足げに茶を飲んでいた。

「洗濯なら、晴れた日がよかったんじゃないのかい」

「おっ母さんにはそう言ったんだが、一度思いついたことは曲げようとはしねぇからね。茶、飲むかい」

「いただきたいね。歩いたら喉《のど》が渇いた」

返事をして、お勝は縁に腰を掛けた。

縁に上がって部屋の中に入っていった銀平は、素焼《すや》きの湯呑を摑《つか》んで戻ると、急須《きゅうす》の茶を注ぎ入れた。

「ありがとう」

お勝は、ゆっくりと湯呑を口に運ぶ。

「今日は何ごとだい」

銀平に聞かれたお勝は、刀剣屋に来た用件を話し、

「お前にも、ちょっと聞いてみたいことがあったもんだからさ」

と、馬喰町に足を延ばしたわけを告げた。

「なんだい」

銀平に眼を向けられたお勝は、少し困ったように苦笑いを浮かべ、

「お前、恋仲の女とはうまくいってるのかい。ほら、両国辺りの小屋で軽業《かるわざ》を披《ひ》露《ろう》してるのがいたじゃないか」

「お夏《なつ》のことか」

「そうそうそうそう」

お勝は、二年前、銀平には恋仲の女がいると聞いてはいたが、なんという名だったか、失念していた。

「お夏がなんだい」

「お夏さんがどうこうということじゃないんだけどさ。どうなんだい。所帯を持とうとか、そんな話にはならないのかい」

「そんな話にはならねぇが、なんでだい」

「話には出ないかもしれないが、この先、子を産むとか産まないって話にもならないのかい」

「珍しく持って回った言い方をしてるが、どうしたんだよ、お勝さん」

「ん」

ずばりと問われて、お勝は曖昧な声を洩らしたが、

「実はね、生まれてくる赤子を引き取ってくれそうな夫婦者がいないか、探してるもんだからさ」

白状したお勝は、おたまの名と厄介な事情を抱えていることは伏せて、『曰《いわ》くのある赤子』とだけ告げ、このままだと、子は父親に引き取られて、母親の住む江戸から西国《さいごく》に行く定めになるとも付け加えた。

「話はわかったが、おれは、いつ何時家を飛び出すかもわからねぇ目明かしだぜ。お夏にしたところで、曲独楽《きょくごま》や籠鞠《かごまり》を披露して稼ぐ見世物稼業だ。仕事のない

ときは、若いもんの手ほどきをしなきゃならねぇし、てめぇの腕も磨かなきゃならないときた。そんなおれたちが子を育てられるとは思えねぇよ。昔馴染みと連れ立って芝居見物に花見にと、家を空けてるおっ母さんに子守を頼んでも、断られるのがおちだ。いや、おれもお夏も子供が嫌いというわけじゃねぇ。むしろ、好きかもしれねぇ。知り合いのとこの子供の相手も嫌じゃない。むしろ、好かれる方だ。だがね、お勝さん、おれらには、我が子を育て上げるっていう気力と覚悟の持ち合わせがないんだよ。そんな二人が親になったら、子供が可哀相《かわいそう》だ。無理だよ」

銀平ははっきりとそう言い切った。

「わかった。お前とお夏さんは諦《あきら》めるよ。けど、知り合いの中に、子を貰《もら》いたいと言う夫婦者がいたら、知らせておくれよ」

お勝がもうひと押しすると、

「それはまかせてくれ」

銀平は大きく頷いてくれた。

お勝は、浜町堀《はまちょうぼり》に架《か》かる小さな土橋《どばし》を渡った。

その橋は、馬喰町一丁目と小伝馬町三丁目を繋《つな》ぐ橋だったが、渡り終えたところで、ふと足を止めた。

堀に沿って右へ行けば亀井町だということは、すぐに気づいたし、同じ年の幼馴染みの近藤沙月が住んでいることも、瞬時に閃《ひらめ》いた。

沙月にも会っていこう――お勝は、浜町堀に沿って歩き出すと、亀井町へと足を向けた。

沙月の父は、天真正伝《てんしんしょうでん》香取神道流を教える近藤道場の主であった。

その道場の門人だった筒美勇五郎《つつみゆうごろう》を婿《むこ》に迎えた沙月は、父親の死後、夫とともに道場を盛り立てている。

沙月には、すでに二人の子がいた。

だが何も、おたまが産む子を引き取ってほしいと頼むつもりではない。

道場には多くの武家の子弟や家臣が剣術の稽古《けいこ》に通っているから、様々な話が集まるはずなのだ。

道場主である勇五郎にしても妻の沙月にしても、近隣の商家や町役人たちとの付き合いもあり、顔は広い。

とすれば、子の出来ない夫婦者がいるとか、養子を迎えたがっている家があるという話などが沙月の耳に届いているということもあり、それを聞いてみようと思いついたのである。

浜町堀に沿った道から、亀井町の通りへと左に曲がった先に近藤道場はあった。

いつもなら、響き渡る竹刀《しない》や木刀のぶつかる音、門人たちの気合が通りに溢《あふ》れ出ているのだが、道場の武者窓《むしゃまど》の中は静かだった。

朝の稽古は終わっているのかもしれない。

扉のない冠木門《かぶきもん》を入って、家族が使う出入り口の方に足を向けたとき、

「近藤先生の奥方様にご用ですか」

稽古を終えて道場から出た門人の建部源六郎《たてべげんろくろう》が、お勝に声を掛けて足を止めた。

その傍らには、いつも付き従っている建部家の家士が控えている。

「え、えぇ」

お勝はうろたえたような声で、源六郎に返答した。

「ときどきお見かけするあなた様は、先生ご夫妻とは幼馴染みと伺っております」

「えぇ。その、おかげさまで」

笑顔の源六郎から声を掛けられたお勝は、なんともとんちんかんな返事を口にした。

すぐに気づいて、顔から火の出る思いがしたが、もはや取り消しなどできぬ。

「それでは」

源六郎は、うろたえてしまったお勝の心中など知る由《よし》もなく、丁寧《ていねい》に頭を下げて、冠木門から通りへと出ていった。

見送った源六郎と家士の姿が見えなくなって、お勝は大きく息を吐いた。

胸は早鐘《はやがね》を打ったようにどきどきしている。

源六郎は、十九年前、お勝が産んだ子供である。

馬喰町の旅人宿の娘として生まれたお勝は、十六の年に、父親の知り合いの口利《くちき》きで、書院番頭《しよいんばんがしら》を務める二千四百石の旗本、建部家に行儀見習いとして住み込み奉公に上がった。

十九になった年に、主の建部左京亮《さきようのすけ》の手がついて身籠もり、翌年、建部家の後嗣《こうし》となる男児、市之助《いちのすけ》を産んだのだ。

ところが、左京亮の正室の意向で、お勝は市之助を建部家に残して屋敷を出て以来、一切の交流を断《た》っていた。

その市之助が、元服《げんぷく》して源六郎となり、近藤道場の門人となって通い始めたと知ったのは、年が明けてすぐのことだった。

しかし、我が子を手放して屋敷を去った以上、源六郎と母子の名乗りなどできるわけもなかった。

源六郎を見送ったあと、お勝は近藤道場の門内でぼんやりと佇《たたず》んでいる。

沙月に会いに行く気が、萎《な》えてしまっていた。

わたしは、おたまが産む子を、源六郎と同じ境遇に置こうとしているのではないか――そんな思いに襲われたのだ。

おたまが産む子の育ての親を探すということは、母子を引き離そうとしているのと同じことだと、今になって思い至った。


六《む》つ（午後六時頃）の鐘が鳴り終わってから四半刻ほどが過ぎた『ごんげん長屋』は、静まり返っていた。

先刻まで、食器の触れ合う音や水を使う音が近隣から届いていたが、いつの間にか聞こえなくなった。

夕餉の支度を始めたり、出職《でしょく》の者が帰ってきたりする時分は賑やかだった井《い》戸端《どばた》も、今はお勝一人が夕餉のあとの洗い物をしているだけだった。

質舗『岩木屋』の用事で日本橋に行ったついでに馬喰町の銀平を訪ねたお勝は、

近藤沙月に会うことはやめて、根津に戻った。

七つ半（午後五時頃）に『岩木屋』の仕事を終えたあと、帰り道にある白岩道円の屋敷に立ち寄ったお勝は、道円におたまの様子を尋ねたが、これという進展はないという返事だった。

洗い終えた茶碗や箸などを、すでに洗い終えていた釜《かま》に入れていると、

「お勝さん」

背後から、密《ひそ》やかに女の声がした。

声の方を向くと、お勝と同じ棟《むね》の、井戸に一番近い辰之助の家の戸口から女房のお啓が顔を覗《のぞ》かせ、手招きをしていた。

釜を抱えたお勝が戸口に立つと、戸が大きく開けられて、お啓の手に腕を取られて土間に引きずり込まれた。

「お富さんまで、何ごと――」

土間の框《かまち》には、腰を掛けているお富もいた。

「お勝さんもお掛けよ」

そう言うと、お啓は板の間に上がり膝を揃えた。

お勝も板の間の端に釜を置いて、お富と並んで腰掛けた。

「辰之助さんは」

「親方のところで他の職人連中と飲み食いだって。だから、話を聞かれる心配はないから安心していいんですよ」

お啓は、亭主の不在を何の気なしに問いかけたお勝に、妙な返事をした。

「安心て、なんのことですよ」

お勝が不審を口にすると、

「お勝さん、子を身籠もってるんでしょ」

お富が密やかな声を出した。

「なんだって」

思わず、お勝まで声を低めた。

「今日の八つ半時分（午後三時頃）だったか、手跡指南所《しゅせきしなんじょ》から帰ってきたお妙ちゃんが、お富さんの家に来て、聞きたいことがあるって言ったらしいんですよ」

低い声でお啓が言うと、傍らのお富が深刻な顔で頷く。

「お富さん、赤子はどうして女の人が産むの」

お妙はお富に、そう尋ねたという。

さらに、「どうしたら子が出来るのか」とも聞かれたお富は、しどろもどろになったと声をひそめた。

「だって、そんなこと、お妙ちゃんにどう話せばいいか、こっちは困っちまいますよ」

「お富さん、それはいいから、ほら、肝心《かんじん》なことを」

お啓が口を挟むと、

「あ」

小さく声を出し、お富は少し改まった。

「なんですよ、肝心なことって」

「だから、ひょっとしてお勝さん、子を孕んでるんじゃないかと思って」

思いもしないお富の言葉に、お勝は返す言葉も見つからない。

「いえね、お勝さんは独りもんだし、男の一人や二人いたって構やしないさ」

「お啓さん、ちょっとお待ちよ」

お勝は、慌ててお啓の話を断ち切ると、

「四十に手が届こうっていうわたしが、どうやったら身籠もるって言うんですか」

「だって、四十だって、女は女だものぉ」

お啓は困ったように、軽く口を尖らせた。

「もう、二人して、なんだってそんな話をしてるんですかぁ」

呆《あき》れたような口ぶりで言うと、お勝は腰を上げた。

「お妙ちゃんが、そう言ったんですよ。おっ母さんは子供が出来たって」

軽く口を尖らせたまま、お富はしおらしい声を出すと、

「お勝さん、昨日、夕餉時に、独り言を言いませんでした。部屋の広さを確かめるように見回して、『ここにもう一人、赤子なんてねぇ』とかなんとか」

「あ——！」

お勝は、お富の話の途中で鋭く声を発し、片手で口を塞いだ。

お啓の問いかけに、お勝は小さく頷いた。

「言ったんだね」

昨日の夕餉のとき、つい口にした言葉をお琴に聞き咎《とが》められたお勝は誤魔化《ごまか》したものの、お妙はそれを気にしていたと思われる。

「でも、心配することはないよ、お勝さん。お富さんもわたしも子を産んだことはないけど、同じ長屋の住人だもの、いくらだって手を差し伸べるつもりだから、思い切って産めばいいんだよぉ」

お啓がそう請け合うと、お富も大きく頷いて相槌《あいづち》を打った。

四

八月一日は、徳川家康《とくがわいえやす》が幕府を開闢《かいびやく》する以前、豊臣秀吉《とよとみひでよし》の命を受けて東海から関東に国替えとなり、天正《てんしょう》十八年（一五九〇）に初めて江戸に入った日だと聞いている。

この日は八朔《はっさく》とも呼ばれ、江戸城内では、白帷子《しろかたびら》に長袴《ながばかま》の諸侯が将軍に賀詞《がし》を述べるという大事な祝日だった。

そのしきたりは形を変えて、幕府公認の遊里《ゆうり》である吉原《よしわら》でも八朔を祝うという。吉原の遊女たちは、この日は白無垢《しろむく》を身に着け、仲之町《なかのちょう》の大通りを進んで客の待つ茶屋へ向かうという話は、周りの男たちの口から聞いたことがある。

「ですがね、番頭さん。八朔が近くなると、馴染みの女郎からは値の張る白無垢をねだられるもんだから、馴染みの客の多くは、江戸から姿を消して箱根《はこね》辺りで湯に浸《つ》かるって話を聞きますよ」

手代の慶三が、お勝が着いている帳場の机近くで、紙縒《こよ》りを縒《よ》りながら話すと、

「八朔でもそうじゃない日でも、わたしらには縁のないことですがね」

苦笑いを浮かべた。

『ごんげん長屋』のお啓とお富から、お勝が身籠もったとの疑いを向けられた翌日の、質舗『岩木屋』の昼下がりである。

お啓とお富の疑いに対し、お勝は詳しい名も場所も伏せて、おたまに降りかかった状況を打ち明け、生まれてくる赤子の行く末に思いを馳《は》せていたのだと釈《しゃく》明《めい》して、疑いを晴らしていた。

表で止まる荷車の音を聞いて、お勝は墨《すみ》をする手を止めた。

「ただいま」

戸を開けた車曳きの弥太郎が、土間に入ってくると、

「今、道円先生のお屋敷の前を通ってきましたがね、門の中がざわついていましたよ」

首に掛けていた手拭《てぬぐ》いで額《ひたい》の汗を拭《ふ》きながら告げた。

「ざわついてるっていうと」

「お屋敷の人が駆け回ってるような足音もしたりして」

弥太郎がお勝に返事をしたとき、勢いよく戸が開いて、外の光を背にした女の影が、おろおろと土間に入り込んだ。

「おらくさん」

お勝は、女の影がおらくであるのに気づいた。

「お手隙《てすき》のときでいいので、道円先生が、お勝さんにおいで願いたいとお言いでして」

「わかりましたが、お屋敷で何かありましたか」

弥太郎が口にした、道円屋敷の異変に関わることではないかと閃いたお勝が問いかけると、

「見習い医者の平山様が、お屋敷から姿を消されたようなんです」

おらくは顔を曇らせると、小声で返事をした。

「いったい、何があったんでしょうねぇ」

首を傾《かし》げながら呟いたおらくの様子から、平山がいなくなったということ以外、何も聞かされてはいないようだった。


お勝が『岩木屋』をあとにしたのは、七つ半（午後五時頃）の店じまいを過ぎてから間もなくの頃だった。

道円からの言付けでは、『手隙のときにでも』ということだったが、このところ帳場を離れることがたびたびあったので、この日は、店じまいまでは帳場に座

ることにしたのである。

そのことを、言付けを持ってきたおらくから道円に伝えてもらうと、「それで構わない」という返事がすぐにお勝のもとにもたらされていた。

『ごんげん長屋』で夕餉の支度に取り掛かっている時分のお琴には、『用事が出来たので夕餉は先に摂るように』という言付けを、下谷同朋町《したやどうぼうまち》の友人に会いに行くという、『岩木屋』の修繕係である要助《ようすけ》に託していた。

西日は本郷の台地の向こうに沈みかけているが、根津権現社近辺はまだかなり明るい。

『岩木屋』をあとにしたお勝は、あっという間に神主屋敷の先にある道円屋敷の薬医門を潜って、邸内に入っていった。

式台のある玄関を避けたお勝は、建物伝いに裏手に回り、台所の出入り口の戸を開けて声を掛けた。

すると、釜の載った竈《かまど》の火加減を見ていた薬籠担ぎの段六が、

「おらくさん、お勝さんだよ」

奥に向かって声を張り上げた。

ほどなくして、土間の奥の戸が開き、ときどき見かける若い下男が水の入った

桶《おけ》を天秤棒《てんびんぼう》に下げて入ってくると、お勝に軽く会釈をするや否や、ふたつの桶の水を立て続けに甕《かめ》に注ぎ入れた。

「力持ちの仕事は、見ていて気持ちがいいねぇ」

お勝が感心したような声を掛けると、

「ありがとうございます」

若い下男は、日に焼けた顔を綻《ほころ》ばせた。

「おらくさぁん、お勝さんを待たせると雷《かみなり》が落ちるよぉ」

「段六さん、およしなさいよ」

お勝は笑って窘《たしな》めると、煙の立ち込める土間を見回した。

藩医の台所らしく、土間には竈が三口も並び、二、三人が並んで働けるほどの流しの横には大きな甕が置かれており、囲炉裏《いろり》の切られた板の間は十人以上が箱膳《はこぜん》を並べられるほどの広さがあった。

その板の間に、足音を立てて現れたおらくが、

「お勝さん、案内しますから、上がってください」

「それじゃ」

お勝は、勧められるまま土間を上がると、おらくに続いて廊下へと出た。

角をひとつ曲がったところで膝をついたおらくは、

「お勝さんをお連れしました」

声を掛けると障子を開き、『どうぞ』と言うように、手で部屋を指し示した。

「お邪魔します」

声を掛けて足を踏み入れたのは、一昨日《おととい》、道円や権十郎、それにおたまと顔を合わせたのと同じ部屋であり、そのときと同じ場所にお勝は膝を揃えた。

お勝の隣には道円がおり、その向かいに権十郎が座っていたが、その横には少し離れて、顔を俯けたおたまが控えていた。

お勝が座るとすぐ、

「ご用があれば、お声を」

おらくはそう言って、廊下から立ち去っていった。

「お勝さん、お呼び立てしてすまなかったねぇ」

道円から声が掛かると、まるで釣られたように、権十郎がお勝に向かって軽く頭を下げた。

「おらくさんに聞いたところでは、なんでも、見習い医者の平山様が屋敷からいなくなられたということですが、それで、わたしをお呼び出しになったというのが、ちと合点《がてん》が――」

口を開いたお勝があとの言葉を濁《にご》すと、道円はふたつに畳《たた》まれた紙を袖口《そでぐち》から取り出し、

「これは、平山貢が残していった書き置きですが、眼を通してください」

と一言添えて、お勝の方に差し出した。

「よろしいので」

尋ねると、道円は黙って頷いた。

お勝は、受け取った紙を開き、認《したた》められていた短い文言を黙読した。

「これは――」

読み終えたお勝が、思わず声を洩らして、道円を見た。

「念のためおたまに聞いたところ、そこに書かれてある通り、腹の中の子の父親は、平山貢だそうですよ」

道円がそう口にすると、顔を伏せていたおたまは、さらに深く項垂《うなだ》れた。

「医者の修行中の身でありながら、屋敷の女中を孕《はら》ませたということを、平山さんは恥《は》じ入ったようです。それで、繰り返し道円殿には申し訳ないと」

権十郎は、平山貢の書き置きにはすでに眼を通していたらしく、内容を口にし

た。

「平山様は、おたまさんが身籠もったことを知って、何か言っておいでだったの、先々のこと。いずれ、夫婦になろうとか」

　お勝が問いかけると、おたまは俯いたまま、ゆっくりと首を横に振った。

「何も？」

　さらに問うと、おたまは大きく息を吐き、

「今はまだ、修行中の身だから夫婦になることは考えられないと仰いました。産んでもいいけど、決して自分の名は出さないでくれと」

　抑揚《よくよう》のない声で返事をした。

「名を伏せろとは、卑怯《ひきょう》にもほどがある。あの平山がそんなことを口にするとは――！」

　声を荒らげた道円が、あとの言葉を呑み込んだ。だがすぐに、

「修行の身だから所帯を持てないというわけではないのだ。むしろ、おたまを娶《めと》って、子育てをすれば、医術の修行にもなることもあるではないか。わたしはこれまで、医者になるまで独り身を通すべきだなどと、口にしたことはないのだよ。それなのに平山は――。何も、屋敷から逃げることはなかったのだ。志《こころざ》した医

者の道を捨てることなどないではないか」

喉の奥から、声を絞《しぼ》り出した。

「でも先生。書き置きにもありますように、平山様にすれば、お屋敷に雇われたおたまさんを身籠もらせたことを、人一倍恥じ入り、先生に対しても申し訳ないという思いが、両肩に重くのしかかっていたんじゃありませんかねぇ」

「わたしも、お勝さんが申された通りだと思います。平山さんは決して悪いお人じゃありません。ただ、生真面目《きまじめ》すぎるところが気にはなっていましたが、その働きぶりを見ていて、庭瀬藩の国元で藩医になってもらえないかと、いずれ、声を掛けようとまで考えていたくらいでした。ですから、こういうことになったことは、ただただ、無念と言うほかありません」

穏やかな口ぶりで思いを述べた権十郎は、言葉通り、無念そうに「はぁ」と小さく息を吐いた。

「すると、おたまさんの腹の子の父親は自分だということになすったのは、平山様に国元の藩医になってもらいたいという思いがあったからですか」

お勝が不審を口にすると、

「それは違います」

横合いから、おたまが消え入るような声で口を挟んだ。

「違うとは――」

道円が呟いた。

「腹の子のことで相談したときは月が経ちすぎて、平山様からは、もう流すことなどできないと言われました。その後も、会えば子をどうしようかと話し合いましたけど、どうすることもできませんでした。そんなとき、中村様から、何か困っているのかと声を掛けていただいたのです。わたしは、いいえと返事をしましたけど、中村様は親身になって、わたしでよければ話を聞くと言ってくださいました。それで、思い切って打ち明けたのです」

軽く俯いたおたまは、少し間を置くと、

「そしたら、わたしの腹の中の子は、中村様の子だと言い通しなさいと仰ったのです」

絞り出すような声を洩らすと、唇《くちびる》を嚙《か》んだ。

「いやぁ、平山さんの子を身籠もったと道円先生に知られたらお屋敷から追い出されるだろうし、平山さんにしても、屋敷の奉公人と懇《ねんご》ろになったことでいられなくなるに違いないと、おたまさんの悲嘆《ひたん》に暮れた様子がただごとではありませんでした。それで、二人がこのままこの屋敷にとどまれる手はないかと思案した末に、わたしの子ということなら、穏便《おんびん》に済むのではないかと」

そこまで発言して、権十郎は道円に向かって頭を下げた。

道円は声もなく、ただ、大きく息を吐いた。

「梅ですけど、中に入りますよ」

声が掛かるとすぐ、障子を開けた道円の娘が、足早に入り込んでくると、

「お勝さん、お久しぶり」

黒目の勝《まさ》った笑顔をお勝に向けて、道円の横に膝を揃えた。

「これはお梅様、おいでででしたか」

「昨日から来ていたんですよ」

代わりに道円が答えると、

「そしたら、今日になって平山さんが姿を消したという騒ぎでしょう。何が起こったのか聞いているうちに、どうやら、おたまが中村様の子を身籠もったらしいっておらくさんが耳打ちしてくれたの。おまけに、お勝さんまで来てるって言うもんですから、今、外ですっかり立ち聞きさせていただきました」

お梅は笑みを浮かべて、一同を見回した。

「中村様がおたまの子の父親だと身代わりになられたことで、平山は困惑したのでしょう。そのうえ、騒ぎになりそうな気配を察して、いたたまれずに出ていったのかもしれない」

「えぇ。わたしも、なんとなくそんな気がしております」

お勝は、静かに口を開いた道円の推測に、同意を示した。

「平山さんのことはともかく、おたまが子を産んだあとのことを話した方がいいのではありませんか」

背筋をぴんと伸ばしたお梅が、一同に向かって意見を投げかけた。

「それはそうなんだが」

「父上の口ぶりから察しますと、これというご意見がおありになるようには見受けられませんので、わたしの思いを申し上げます」

そう言うと、お梅はゆっくりと一同を見回し、

「おたまが子を産んだら、芝のわたしの家で預かってもいいと思っています」

躊躇《ためら》いもなく、そう述べた。

「貰おうと言うんじゃないんです。子を産んだおたまごと預かるの。子を抱えて暮らしを立てなきゃならないんだもの。ここで働くにしても、子の面倒は誰かが

見なきゃならないのよ」

お梅の話に、お勝は小さく頷く。

「ねぇ、おたま。嫁ぎ先の、芝の料理屋で住み込み奉公をする気はない？」

お梅から声の掛かったおたまは、戸惑うばかりで声もない。

「料理屋は、女手が要るの。そのうえ、世話好きな女子衆も子を産んだことのある奉公人もいるから、代わる代わるいくらでも赤子の世話を買って出てくれるわ。そしたら、我が子と一緒に暮らせるじゃないの。病人で混み合うこの家より、よほど暮らしやすいと思うのよ」

一気に話し終えたお梅は、

「皆様、いかがかしら」

その場の一人一人をゆっくりと見回した。

「しかし、芝のご亭主がなんと申されましょう。そのことでお梅様に迷惑がかかるとしたら、おたまさん母子が肩身の狭い思いをするかもしれず」

権十郎が恐る恐る口を開くと、

「もし、うちの人があれこれ言うようなら、そんな頑迷《がんめい》な亭主とは離縁して、この家に戻ってくるだけのことです」

お梅は、きっぱりと言い切った。

すると、大きなため息をついた道円が、

「中村様。お勝さんはご承知だが、この梅は、昔からこんな気性の娘でしてね。もう、何を言っても無駄だと諦めることです」

と、苦笑いを浮かべた。

「おたま、お前はどう？」

お梅が、顔を俯けているおたまに、情の籠もった声を投げかけた。

おたまはゆっくりと顔を上げ、

「ありがたいことでございます」

声を絞り出すと、お梅に向かって両手をついた。

障子で閉め切られていた部屋は、いつの間にか、夕暮れが迫っていた。

五

質舗『岩木屋』は、午後になると客足は少なくなる。

質入れや質草の請け出しに客が押しかけるのは、店が開く朝五つ（午前八時頃）から九つ（正午頃）までがほとんどである。

無論、昼過ぎてからの客もないことはないが、昼前に比べたらかなり少ない。

店を閉める七つ半（午後五時頃）まで四半刻という頃おいになると、帳場を預かるお勝は、一日の帳面付けや金の出し入れの計算に算盤《そろばん》を弾《はじ》き始める。手代の慶三は、品物を蔵に運んだり、板の間や土間の掃除をしたりするのだが、いくら刻限が迫っても、客がいる間は、お勝も慶三も、店じまいの素振りは一切見せないことにしている。

「おいでなさいまし」

板の間で質草に紙縒りを結びつけていた慶三の声を聞いたお勝は、帳場の机に広げていた帳面を閉じて顔を上げた。

「これは中村様」

土間に足を踏み入れてきた権十郎を見て、お勝は帳場を離れて、框の近くに膝を揃えた。

見習い医者の平山貢が白岩道円の屋敷を出奔《しゅっぽん》してから、二日後の夕刻である。

「お見かけしたところ、上屋敷からのお帰りですか」

お勝は、羽織袴《はおりはかま》姿の権十郎を見てそう言うと、

「屋敷に戻る前に、お勝さんに話をしておこうと立ち寄りました」

小声で答えた権十郎が、小さく頭を下げた。

「あ、わたしは質草を蔵に運びますので」

慶三が、紙縒りのついた質草を入れていた木箱を抱えると、

「ごゆっくり」

権十郎に辞儀をして、帳場の奥へと入っていった。

「道円殿から昨夜打ち明けられたのですが、出がけの刻限にはまだ『岩木屋』さんは戸が閉まっておりますので、今時分になってしまいました」

「お掛けになりませんか」

お勝が勧めると、権十郎は軽く一礼して、刀を腰から外すと框に腰を掛け、

「道円殿は、その後も、姿を消した平山さんのことを気にかけておいでしてね」

小さな声でそう打ち明けた。

「そうでしょうね」

お勝も、呟くような声で返事をした。

一昨日、道円はおたまに対する平山の言動に手厳しい言葉を向けたが、それは、期待を寄せていた者のしくじりを無念に思うやるせなさからだと、お勝は察していた。

道円は昨夜、江戸で行くところのない平山貢は、一旦は、おそらく相模にある生家に戻るに違いないと、権十郎に語ったというのだ。

そして、一刻も早く平山の生家に文《ふみ》を送り、親の口から根津の白岩道円のもとに戻るよう説得してくれと頼むつもりだとも、道円は心中を吐露《とろ》した。

「道円殿は、平山さんが根津に現れたら、おたまさんとのことは済んだこととして、もう一度医者の道に邁進《まいしん》するよう促すつもりだと申されたよ」

「そういう運びになれば言うことはありませんが、あの平山様が、根津に顔をお出しになるかどうか——」

そのあとの言葉を、お勝は呑み込んだ。

「はい。あの生真面目で気の小さい平山さんが、すんなりと根津の屋敷に現れるかどうかですな」

「はい」

お勝は小さく頷き、

「平山様さえおいでになれば、その後は何とでもなると思いますがねぇ」

「道円殿も、それが一番の気がかりだと言っておられたよ」

権十郎は「ふう」と息を吐くと框から腰を上げ、板の間に置いていた刀を摑んだ。

　そしてすぐ、

「それに、もうひとつ伝えておくことが」

　権十郎は思い出したように呟くと、少し改まった。

「何か」

「今日、江戸上屋敷に行きましたら、国元から通達があったようで、それがしは九月に備中へ戻ることになりました」

「さようですか」

　お勝は、ありきたりの言葉しか口にできなかった。

　勤番で江戸詰めになる諸国の家臣の中には居続ける者もいるが、多くの家臣は勤めを終えると、権十郎のように国元に帰っていくのだ。

「江戸で藩医を見つけて国元へ招くのがもうひとつの務めでしたが、それを果たせずに帰国するのがいささか無念ではあります。しかし、お家の下知《げち》とあらば致し方ありません」

「道円先生のお屋敷にいらして一年半、わたしには、あっという間に思われます」

　お勝は正直な思いを口にした。

「それはわたしもですよ、お勝さん。道円殿の屋敷で過ごせたおかげで、近隣の方々とも誼《よしみ》を通じることができました。藩邸に寄宿していたら、これほど気ままな付き合いができたかどうか」

そう言うと、権十郎は店の中を見回した。

「ひとつ心残りは、おたまさんが産む子をひと目見たかったことですかね」

「きっと、元気な子が生まれますよ。そしたら、道円先生やお梅様から、知らせが届くはずです」

「はい。それを楽しみにして、国へ戻ります」

権十郎は刀を帯に差して一礼すると、表へと向かった。

お勝はすかさず土間の履物に足を通すと、権十郎に続いて表へと出た。

「中村様」

お勝の呼びかけに足を止めた権十郎は、

「帰国の折には、また改めて挨拶に伺いますから」

と言って、笑みを浮かべた。

「いえ。ひとつ、伺いたいことがございまして」

お勝は遠慮がちな声を出すと、権十郎に半歩近づき、

「先日、中村様は、おたまさんが産む子は自分が引き取って国元に戻ると申されましたが、お国の奥方様も承知なされるとの思いで、ご決断なすったのでしょうか」

小声で丁寧な問いかけをした。

「とんでもない。わたしは、妻に寝首を掻《か》かれる覚悟でしたよ」

険しい顔をした権十郎から重々しい声が返ってくると、お勝は眼を瞠《みは》った。

すると、

「嘘《うそ》です」

突然相好《そうごう》を崩した権十郎が、陽気な声を発すると、

「我が妻は、道円殿のご三女のお梅様とよく似た気性でしてね。事情を話せば、胸を叩いて養子に迎えてくれるという成算は、ありました」

「なるほど。だからこそ、平山様の身代わりになられたのですね」

「それほど深い考えはなく、何とかせねばという、ただの思いつきでしたよ」

権十郎は軽く受け流したが、そんなはずはないとお勝は思っている。

「わたし、中村様の奥方様に、一度お会いしたいものだと思っています」

「それが叶《かな》えば何よりですよ。国に戻ったら、根津権現門前町界隈で『かみなり

お勝』と呼ばれているお人が、そう口になさったと妻に話してやれば、大いに喜びます」

「お伝えくださるのは嬉しいことですが、『かみなり』はご勘弁願います」

お勝は軽く頭を下げた。

笑みを浮かべた権十郎は、

「では」

軽く辞儀をして踵《きびす》を返し、神主屋敷の塀《へい》に沿って歩を進める。

「あ」

声を出して突然足を止めた権十郎が、人差し指で天を指した。

何ごとかと空を仰《あお》いだお勝の耳に、微《かす》かに遠雷《えんらい》が聞こえた。

だがすぐに、

「空耳のようです」

呟きを洩らした権十郎は、片手を左右に打ち振ったあと、もう一度辞儀をすると白岩道円の屋敷の方へ足を向けた。ときどき空に眼を向けて首を傾げつつ、歩を進めていく。

見送ったお勝が『岩木屋』に足を向けたとき、先刻よりも少し大きな雷鳴が轟《とどろ》いた。

「お勝さん、やっぱり雷が鳴ってますよ」

神主屋敷の方から、権十郎の安堵《あんど》したような声が上がった。

ふと足を止めたお勝の耳に、

～笊《ざる》やぁ、味噌《みそ》漉《こ》しぃ～

近くを行く笊売《ざるう》りの声が届き、やがて、遠のいていった。

第四話　菩薩《ぼさつ》の顔

一

質舗『岩木屋』の障子は、表に降り注ぐ日の光を浴びて、まばゆいほど白い。九つ（正午頃）を知らせる時《とき》の鐘《かね》が打ち終わってから、四半刻《しはんとき》（約三十分）ばかりが経《た》っている。

帳場の机に着いているお勝の、算盤《そろばん》を弾《はじ》く音だけが人気《ひとけ》のない店の中に響き渡っていた。

昼餉《ひるげ》を摂《と》る刻限でもあるこの時分は、人の出入りが少なくなるのはいつものことだった。

「番頭さん一人かね」

そう声を掛けながら帳場の奥から姿を現したのは、蔵番《くらばん》を務《つと》めている茂平である。質草《しちぐさ》や損料《そんりょう》貸《が》しの品々の出し入れに関わったり、劣化の有無を確かめたりするのが茂平の仕事である。

「慶三さんには、今のうちに台所で休んでもらってるんですよ」

「なぁるほど」

そう言いながら鉄瓶《てつびん》の載った火鉢《ひばち》に近づいた茂平は、左足を庇《かば》うようにして胡坐《あぐら》をかいた。

「茂平さん、足をどうかしましたか」

「ゆんべ、吉原に行ったときに足首を捻《ひね》ってしまってさぁ」

そう言うと、帯に差していた煙草入《たばこい》れを取って、煙管《きせる》に煙草の葉を詰めた。

「おや、聞き捨てなりませんね」

「なぁに。色っぽい話なんかじゃねぇんだよぉ」

片手を打ち振ると、咥《くわ》えた煙管を火鉢の中に差し入れ、詰めた煙草に素早く火を点《つ》けた。

「ほら、今月の吉原は一日から始まった〈吉原俄《よしわらにわか》〉の見物人で、思った通り芋《いも》の子《こ》を洗う騒ぎでさぁ」

顔を上げた茂平は、吸った煙草の煙を勢いよく吐き出した。

茂平が口にした〈吉原俄〉というのは、八月一日から晴天の三十日間だけ、芸者や幇間《ほうかん》が廓内《くるわうち》の街頭で即席の演芸や踊りを繰り広げる吉原の祭りのことである。

この間は、普段は入れない女の客も出入りできるというので、吉原は大いに賑《にぎ》わうのだ。

「町内のご隠居に付き添って吉原に繰り出したんだがね。あまりの人混みに押されたり流されたりしてるうちに、足首を痛めてしまったというわけだよ」

そう言うと、ふた口ばかり煙草を吸った茂平は、掌《てのひら》で煙管を叩いて、吸い滓《かす》を火鉢の中に落とした。

「ごめんなさいよ」

戸を開けて、外から土間に入ってきたのは、着流しに羽織《はおり》を着た半白髪《はんしらが》の男だった。

「これはお珍しい」

お勝は急いで腰を上げ、土間近くの框《かまち》に膝《ひざ》を揃《そろ》える。

「旦那、ここへお掛けになって」

煙管を煙草入れにしまい込んだ茂平が、少し畏《かしこ》まった。

茂平が旦那と呼んだのは、『ごんげん長屋』の住人である治兵衛が番頭を務めている根津権現門前町の足袋屋《たびや》、『弥勒屋』の主《あるじ》、徳右衛門《とくえもん》である。

「下駒込村の親戚の家に行った帰りなんですが、お勝さんにちょっと聞いてみたいことがあったもんですから」

框に腰掛けた徳右衛門は、お勝の方に体を向けた。

「それじゃあっしも、台所へ行って茶でも飲ませてもらいますよ」

気を利《き》かせて立ち上がった茂平は、帳場近くに下がっている暖簾《のれん》を割り、廊下の奥へと入っていった。

「それで、『弥勒屋』さん、わたしに話と仰《おっしゃ》いますと」

「いえね、この何日間か、番頭の治兵衛の様子が気になるんだが、『ごんげん長屋』の住人として、お勝さんにはどう見えるのか、聞いてみようと思い立ちましてね」

五十代の半ばほどの徳右衛門は、気遣《きづか》わしげな物言いをした。

「同じ長屋におりましても、朝餉の支度などでばたばたしておりますし、帰ってくる刻限も皆さんまちまちで、治兵衛さんともゆっくり顔を合わせることもありません。それは何も治兵衛さんだけじゃなく、何日も顔を合わせない住人もいるんですよ」

「なるほど」

徳右衛門は、低い声を出すと小さく頷《うなず》いた。

「それで、旦那が気になるという治兵衛さんの様子といいますと」

お勝が密《ひそ》やかに問いかけると、

「先月の二十六日の夜、番頭さんを誘って、道灌山《どうかんやま》に近い新堀村《にっぽりむら》の諏訪社《すわしゃ》での二十六夜待ちをしたんですよ」

「あぁ、そのことは、翌日治兵衛さんから伺《うかが》いました。『弥勒屋』の旦那さんのご友人たちに交《ま》じって、二十六夜の月を見たと言って喜んでましたよ」

徳右衛門とお勝の口から出た二十六夜待ちというのは、七月二十六日に月見をする行事である。

この夜、月光の中に現れると言われる阿弥陀如来《あみだにょらい》と、その左右に侍《はべ》る観世音菩薩《かんぜおんぼさつ》、勢至菩薩《せいしぼさつ》の三尊《さんぞん》の姿を眼にすれば、ありがたいことが降りかかると言われている。

信仰の行事ということを口実に、夜中まで堂々と遊び、飲み食いができるという日でもあり、芝高輪《しばたかなわ》の海辺や、湯島、神田の高台は、ひと晩中賑わうのである。

「住み込みをしていた手代の時分には、そんな行事に出掛けることのなかった治兵衛さんは、番頭に取り立ててくれた徳右衛門さんには足を向けて寝られないと、しみじみと口にしていましたよ」

お勝は、月見の翌日に当たる二十七日の、治兵衛の様子を覚えていた。

三尊のすべては見えなかったものの、一体の菩薩様のお姿が見えたと言って感激した治兵衛は、その夜、『ごんげん長屋』の住人すべてに赤飯を配ったのだ。

それには住人たちも喜んで、

「たとえ三尊が見えなくとも、菩薩のひとつが見えただけでも喜ばしいし、あやかりたい」

治兵衛に向けて、お礼の言葉を掛けていた。

「そういえば、そんなことがあってから、二、三日経った夜でしたか」

お勝は、長屋の井戸端《いどばた》に立って、月のない空を見上げている治兵衛の姿を眼にしたことを思い出した。

何ごとですかとお勝が尋ねると、

「お勝さん、今日、ご贔屓《ひいき》に与《あずか》っている谷中の『常光寺《じようこうじ》』に小僧を連れて足袋を届けに行ったんですよ」

治兵衛は、しみじみとそう話し出したのだ。

寺に足袋を置いた治兵衛は、帰り際、顔見知りの住職に、二十六夜待ちの夜、

一体の菩薩様を見たと伝えたところ、

「それはどちらの菩薩様でしたか」

住職から、見たのは観世音菩薩か勢至菩薩かと問われたのだが、顔かたちがぼんやりとしていたのでどちらとも言えないと答えたという。

すると、

「当山の本堂に勢至菩薩の立像がありますから、お顔を拝《おが》まれたらどうです」

住職の言葉に、治兵衛は一も二もなく誘いに応じて、本堂へと向かった。

「お勝さん、二十六夜待ちの夜にわたしが見たのは、勢至菩薩様に間違いありませんでした」

治兵衛は、『ごんげん長屋』の井戸端で、掠《かす》れたような声を出した。

『常光寺』の本堂に案内された治兵衛は、内陣《ないじん》に置かれた本尊《ほんぞん》の阿弥陀如来の脇に立つ勢至菩薩像に眼を留め、確信したという。

「二十六夜待ちの夜に見た菩薩様も、『常光寺』の本堂で見た像も、頭に似たような冠《かんむり》を被《かぶ》っていたんですよ。住職にそう言うと、それは水瓶《すいびょう》が彫られた宝冠《ほうかん》ですから、勢至菩薩様に間違いないでしょうということでした」

そう告げた治兵衛が、そのとき、感に堪《た》えないという顔をしたことも、お勝は徳右衛門に打ち明けた。

「あぁ。やはり、勢至菩薩が絡んでいますか」

徳右衛門は呟《つぶや》くと、小さく首を傾《かし》げた。

「やはりといいますと」

お勝は徳右衛門に問いかけた。

「お勝さんもお気づきのように、二十六夜待ちのあとの何日かは浮き浮きとしてたんですよ。それが、浮かぬ顔をするようになったのが、『常光寺』さんに足袋を届けに行ってからなんです」

「ということは、勢至菩薩様を見たあとということですか」

「はい」

徳右衛門は、お勝の問いかけに頷いた。

そして、

「何か困ったことでもあるのかと聞いたところ、勢至菩薩のお顔が、どこかで見た顔だと言うんです。いつどこで見たのかもわからないが、たしかにどこかで見た顔だと、何度も首を捻るんです。それが思い出せないものだから、苛々《いらいら》として浮かぬ顔になっていたと言うんですがね」

徳右衛門はそう言うと、小さくふっと笑みを浮かべた。

『弥勒屋』さん」

「いやいや、すまない。治兵衛が浮かない顔をしたのは、今年になって二度目なもんだから」

「今年になって、といいますと」

「住み込みの手代から番頭になって、治兵衛は一人住まいをするようになったじゃありませんか」

「えぇ」

お勝は、今年になってすぐ治兵衛が『ごんげん長屋』の住人になったことは、無論知っている。

「それを潮《しお》に女房を持とうと思い立って、嫁探しに焦《あせ》っていたときの治兵衛の顔を思い出したのですよ」

徳右衛門の話に思い当たったお勝は、「あぁ」と出しかけた声を慌《あわ》てて呑《の》み込んだ。

今年の春に、女房になってくれと治兵衛に頭を下げられたことがあったのだが、お勝はそれを丁重《ていちょう》に断っていた。

そのときは、お琴をはじめ幸助とお妙が示し合わせて、お勝を女房にと言う治兵衛の思いに冷や水を浴びせるような話をでっちあげ、断念させるという経緯《いきさつ》もあったのだ。

「長々とお邪魔したね」

徳右衛門は框から腰を上げると、

「いつまでも浮かない顔を見せられてはたまりませんから、治兵衛には早く誰の顔か思い出してもらわないと困りますよ」

そう言って、お勝に笑みを向けた。

「店の中が重苦しくなっちゃいけませんからねぇ」

「そうなんだよ」

徳右衛門は左手を軽く挙げて会釈《えしゃく》すると、日の射《さ》している表の道に出ていった。

お勝が『岩木屋』をあとにしたのは、店を閉めてから四半刻が経った頃である。

主の吉之助に収支を記した帳面と、質草や損料貸しの出し入れを記入した帳面を渡し、台所で茶を呼ばれたあとだった。

『岩木屋』を出たお勝は、神主屋敷の塀《へい》が切れた辻《つじ》で左に曲がり、根津権現門前町を南北に貫《つらぬ》く表通りへと足を向けた。

西側に本郷の台地がある根津権現社界隈《かいわい》は、いつも日の入りの刻限前から翳《かげ》るが、表通りから見える谷中の台地は夕日の色に染まっている。

「今お帰りかい」

表に水を撒《ま》いていた下駄《げた》屋の女房から声が掛かると、

「お勝さんとこの夕餉は、鰯《いわし》だよ」

隣の味噌《みそ》屋の店先から、顔見知りの小僧の声が飛んできた。

「どうしてわかるんだい」

お勝が足を止めると、

「昼前『ごんげん長屋』の前を通りかかったら、お琴ちゃんが魚売りを呼び止めて鰯を四尾《び》買ってたからさ」
十六、七くらいの小僧はそう言うと、にやりと笑った。
「それじゃね」

下駄屋の女房や味噌屋の小僧に声を掛けたお勝は、自身番のある辻に差しかかった。

「どこの誰だか知らないが、妙なことを言われては困ります」

聞き覚えのある声を耳にして、お勝は足袋の『弥勒屋』の店先で足を止めた。

通りがかりらしい野次馬《やじうま》が何人か足を止めて、『弥勒屋』の中を覗《のぞ》き込んでいた。

野次馬の間から覗いたお勝の眼に、土間に下りた治兵衛が、細股引《ほそももひき》に半纏《はんてん》姿《すがた》の若い男に険しい顔を向けている様子が飛び込んだ。

「わたしはたしかに行田《ぎょうだ》の生まれだが、それがなんなんだ」

尖《とが》った物言いをしながら、治兵衛は若者を土間から押し出そうとしていた。

「定吉《じょうきち》だの一六《いちろく》だのと、なんの言いがかりをつけるんだ」

「おれは何も言いがかりなんて――」

言い終わらないうちに、若者は治兵衛の勢いに押されて、通りへと追い出された。尻の下までの半纏を帯で締め、細股引を穿《は》いた装《な》りからして、若者は川端でよく見かける船頭のようだ。

「ちょいとすまねぇ」

下っ引きの久助を従えた目明かしの作造が、お勝に気づかずに『弥勒屋』に飛び込んだ。

「親分さん、いきなり店に入ってきたその男が、わたしに妙な言いがかりをつけるんですよ」

土間の治兵衛が、表に突っ立っている若者を指さして睨《にら》みつけた。

「おれはこちらに、話を聞きに来ただけで――」

若者はそう言いかけたが、

「親分さん、なんとかしてくださいよ」

治兵衛は甲高《かんだか》い声を上げた。

いつもの治兵衛とは思えないくらいの高ぶりを目《ま》の当たりにして、お勝は野次馬の陰から成り行きを見守った。

「若いの、すまねぇがそこの自身番に来てもらおうか」

作造が声を掛けると、久助は心得たように若者の背中を押し、『弥勒屋』のはす向かいにある自身番の中に入っていった。

土間に立っていた治兵衛が店の奥に去ったのを見届けたお勝は、作造たちが入った自身番へと向かう。

「作造親分、勝ですが」

断りを入れると、返事も聞かず上《あ》がり框《がまち》から畳の間に上がり、

「通りかかったら、治兵衛さんの大声がしたもんですから」

お勝は事情を述べた。

「お、『弥勒屋』の番頭は、『ごんげん長屋』の住人だったねぇ」

作造は頷くと、手で『座れ』とでも言うように畳を示した。

お勝が部屋の隅に膝を揃えるとすぐ、

「若いの、おめぇ、住まいと名を言ってみな」

作造が、畳の間の隅で膝を揃えていた若い男に問いかけた。

「わたしは友市《ともいち》といいまして、武州《ぶしゅう》の行田で船頭をしております」
二十二、三くらいの男は素直な物言いをした。
「それがなんで、『弥勒屋』に用事があったんだい」

「番頭の治兵衛さんも、行田の生まれでして。昔、治兵衛さんと関わりのあったお人の娘さんが会いたいと言いますので、江戸に連れてまいりました」

「舟でか」

「はい」

頷いた友市は、今日の午後大川端《おおかわばた》の岸辺に舟を留めたあと、治兵衛の行き先を訪ねたのだと申し述べた。

「『弥勒屋』に行って、行田から来たと言ったら、治兵衛さんは、何しに来たんだと、すごい剣幕《けんまく》で」

そこまで口にした友市は項垂《うなだ》れて、小さくため息をついた。

「それで、一緒に来たっていう娘さんはどこに」

お勝が尋ねると、

「治兵衛さんがなんて言うかわからなかったので、返事を聞くまで近くのお寺で待つように言っておきました」

友市からそんな返事があった。

「なんという寺だ」

「ええと、山門《さんもん》に掛かった扁額《へんがく》には、たしか、瑞松院《ずいしょういん》とかなんとか」

友市は久助にそう答えた。

「なんだ、お勝さんの馴染《なじ》みの寺じゃありませんか」

作造はお勝に笑顔を向けた。

たしかに、瑞松院には『ごんげん長屋』の住人、沢木栄五郎が子供たちに手跡《しゅせき》指南《しなん》をする寺子屋《てらこや》があり、倅《せがれ》の幸助と娘のお妙が通っているという縁があった。

「親分、どうでしょうね。治兵衛さんは店が終わってから長屋に戻りますから、あと半刻（約一時間）くらいしてから、こちらの友市さんと連れの娘さんを『ごんげん長屋』に案内していただけませんか」

お勝が申し入れると、作造は「そうしよう」と請《う》け合ってくれた。

「ちょうど時分時《じぶんどき》だし、あんたも娘さんも、何か腹に入れておくことだね」

「はい」

友市は、お勝の勧めを素直に聞き入れた。

二

先刻まで夕刻の明るみの残っていた『ごんげん長屋』も、今はすっかり暮れている。

お勝とお琴、それにお妙が洗い物をする井戸端には、植木職の辰之助や左官の庄次の住む家の明かりが微《かす》かに届いていて、水仕事に差《さ》し障《さわ》りはない。

いつもの刻限に遅れたお勝のせいで子供たちの夕餉まで遅くなり、洗い物まで暗がりの中でする羽目になってしまった。

大方の住人は明るいうちに夕餉を済ませて、今時分は、就寝前のひとときを酒で過ごしているのかもしれない。

「よし、終わった」

洗い物を終えたお妙は立ち上がると、濡れた手を前掛けで拭《ふ》く。

「おっ母さんは鍋《なべ》を持っていくから、お琴は桶《おけ》を頼むよ」

「わかった」

帯に挟んでいた手拭《てぬぐ》いで素早く手を拭くと、お琴は重ねた茶碗などの入った桶を抱える。

立ち上がったお勝が、洗ったばかりの鍋を持ち上げたとき、表通りの方から近づいてきた明かりが井戸の近くで止まった。

「治兵衛さんは、戻りましたか」

声を発したのは、『自身番』と書かれた提灯《ちょうちん》を手にした久助で、その後ろに、草鞋《わらじ》を履いた旅装の若い娘を伴《ともな》った友市が立っている。

「まだなんだけど、もうそろそろだと思いますよ」

お勝が返答すると、

「おれはこのまま戻らなきゃならねぇんで、この二人を、治兵衛さんの家で待たせてもいいかね」

久助は、路地を挟んで向かい合った二棟《むね》の長屋に眼を遣《や》った。

「なんなら、うちで待ってもらいますよ」

お勝は久助にそう言うと、

「うちの隣だから、治兵衛さんが帰ってきたらすぐわかりますから」

友市と連れの娘にそう声を掛けた。

「それじゃお勝さん、おれはここで」

軽く頭を下げると、久助は提灯の明かりとともにその場を去っていった。

「こっちです。どうぞ」

お琴は、遠慮がちな様子を見せている友市と娘に声を掛けると、お妙とともに家の方へと向かった。

「どうぞ」

鍋を抱えたお勝が促《うなが》して歩《ほ》を進めると、友市と娘は頭を下げてあとに続いた。

開いていた戸口から土間に足を踏み入れたお勝は、

「框に腰掛けてくださいな」

友市と娘にそう言うと板の間に上がり、竈《かまど》に鍋を載せた。

井戸から戻ったお琴とお妙は、洗った茶碗などを布巾《ふきん》で拭き始めていた。

行灯《あんどん》の傍《そば》で往来物《おうらいもの》の書物を眺《なが》めていた幸助は、訪問者の到来に、のそのそと体を起こした。

「二人とも、夕餉は済ませたのかい」

框近くに膝を揃えると、お勝は静かに声を掛けた。

「はい。目明かしの作造さんに教えてもらった飯屋で食べました」

友市が返事をすると、横に掛けていた娘は小さく頷いて、相槌《あいづち》を打った。

「それで、お二人の間柄は」

「近々、行田で祝言《しゅうげん》を挙げることになってましてて。小糸《こいと》ちゃんが、その前にどうしても治兵衛さんに会っておきたいと言うもんですから」

友市は、隣に腰掛けた娘に顔を向けると、お勝にそう答えた。

「小糸といいます」

友市の連れが初めて口を開いた。

「小糸さんは、治兵衛さんとはどういう――」

お勝がそこまで口にしたところで、

「おっ母さん、治兵衛さんの家の戸が開いたみたいだよ」

流しに立っていたお琴が振り向いて、囁《ささや》くような声を出した。

「それじゃ、行ってみましょうか」

腰を上げたお勝は友市と小糸に声を掛けると、土間の下駄をつっかけて、路地へと出た。

二人を連れて治兵衛の家の戸口に立つと、家の中に明かりが灯《とも》った。

「治兵衛さん、隣の勝ですが」

お勝が声を掛けると、中から開けられた戸の間から治兵衛が顔を覗かせた。

「治兵衛さんに会いたいと言う人を、うちで待ってもらってたもんで」

「また、お前──！」

お勝の横に立っていた友市に鋭い声を向けた治兵衛は、横に立つ小糸を眼にした途端、口と眼を大きく開けると、ぐらりとよろけて戸口の柱に片手をついて体を支え、

「あんたは──」

と、掠れ声を洩《も》らした。

「行田の『一六屋』という足袋屋で、二十年以上も前、縫い子をしていたお福《ふく》の娘です」

小糸がそう言うと、治兵衛は倒れそうになる体を、柱についた手で必死に支えた。

「治兵衛さん、せっかく待っていただいたんですから、話を聞いておあげなさいよ」

お勝がそう持ちかけると、治兵衛は辛《かろ》うじて頷いた。

「話の邪魔をしちゃなんですから、わたしはこれで」

「お勝さん、あんたも一緒にいてもらえないかねぇ」

治兵衛が縋《すが》りつくような小声をお勝に向けた。

「でも――」

お勝が困ったような顔を小糸と友市に向けると、

「是非」

小糸はお勝に声を掛け、頷いた。

すると、土間に立っていた治兵衛は覚束《おぼつか》ない足取りで板の間に上がると、外にいた小糸と友市に入るよう、手で板の間を指し示した。

「さ、お上がりよ」

お勝は小糸と友市を板の間に上げると戸を閉め、自分は土間の框に腰を掛けた。

「わたしは、昔の母と治兵衛さんとのことは、よく知らないのです」

治兵衛の向かいに膝を揃えていた小糸が話の口火を切ると、

「つい最近、『一六屋』で縫い子をしていた、母より二つ三つ年上のお滝《たき》さんから、初めて話を聞いたんです。母と治兵衛さんは、親しくしていらしたって。それは、本当のことでしょうか」

そう問いかけた。

治兵衛は何か言おうとしたものの、黙って小さく頷いた。

「お滝さんは、おっ母さんと治兵衛さんはいずれ夫婦になるに違いないと思っていたと言ってました」

「いやぁ、それは無理なことだったんだよ。そりゃ、夫婦になりたいとは思っても、あの時分は、到底、叶《かな》うことじゃなかったんですよ」

治兵衛は初めて、声らしい声を小糸に向けて発した。

そして、行田の近在《きんざい》にある農家の三男に生まれた治兵衛は、十三の年に『一六屋』の奉公人として住み込み働きをすることになったと話を続けた。

同じ年に、ひとつ年下のお福が縫い子の見習いとして通い奉公を始めたという。

二人が近しくなったのは、治兵衛が十七、お福が十六の頃だった。

だが、周りにはそのことは伏せ、二人は密かに逢瀬《おうせ》を重ねた。

「だからといって、夫婦になることは思いもよらなかったんだよ。足袋屋で重宝されるのは女の縫い子と男の足袋職人で、わたしらみたいな車曳《くるまひ》きや蔵の荷物運びの下働きの男なんか、足袋屋で出世なんかできるもんじゃありません。それに、わたしは百姓の三男でしたから、耕《たがや》す畑も貰《もら》えません。行田にいては、何もできなかったんです。そんなわたしに、嫁取りなんか、できるはずもありませんでしたよ」

治兵衛は、その当時の心境を淡々《たんたん》と語ると、

「ですから、ひとかどの男になるには行田にいては駄目だ。江戸にでも行って、商人になるという思いを日ごと膨《ふく》らませていったんですよ」

小糸を向くと、いくらか強い口調でそう告げた。

「治兵衛さんのそんな思いを、お福さんは知っておいでだったんですか」

お勝は、素朴な疑問を口にした。

「いつ、どうやって、江戸のどこに行くかなんてことは、あの時分のわたしには考えの及ばないことでしたから、口にはできませんでした。ただ、わたしの思いだけは、二人で会うたびにお福さんには話してました。自分の気持ちを固めるためにも、お福さんと会うたびに話し続けていたような気がします」

「そんなとき、おっ母さんは、何か言ってましたか」

小糸が、小さな声で問いかけた。

すると、治兵衛はただ、小さく首を横に振った。

「何も？」

小糸のさらなる問いかけに、治兵衛は小さく頷き、

「お福さんにしても、十二の年に足袋屋の見習い奉公に入ったんですよ。裕福な家の子供なら、そんなことはせずに済みますが、食うのに精いっぱいの家に生まれたら、子供が働きに出るのが当たり前です。わたしが、ただの下働きから這《は》い上がりたい、貧乏から抜け出したいって思いを抱くのは、お福さんもわかっていてくれたと思います」

と、自信なさげに語った。

ばたばたと、どぶ板を踏む二、三人の足音が通り過ぎると、路地の奥で勢いよく戸の開く音がして、

「おい、酒はあるか」

奥からふたつ目の家に住む火消しの岩造の大声が聞こえた。

「ないよっ」

間髪《かんはつ》を容《い》れず、女房のお富の甲高い声が飛んだ。

「馬鹿やろ。探しもしねぇで、よくもねぇなんて言いやがったな」

「ないもんはないいんだよ」

「兄《あに》ぃ、おれらは帰りますから」

そんな声を発したのは、九番組『れ』組の平人足《ひらにんそく》の一人のようだ。

「奥の夫婦なんだけど、こういうことはたまにあることですから、気にしないでくださいな」

お勝が笑顔で声を掛けると、小糸と友市は律義に頭を下げた。

「てめぇ、この野郎。おれを家に送り届けてくれた若いもんに、酒の一杯も飲ませずに帰しちゃ、上に立つおれの沽券《こけん》に関わるじゃねぇか」

「沽券がなんだっ！」

その声と同時に、人肌を叩くようなパチンという音が鳴り響き、岩造の家がしんと静まり返った。

「姐《ねえ》さん、すいません。あっしらはこのまま帰《け》ぇります。おやすみなさい」

若い者が声を発すると戸の閉まる音がして、もつれるようなふたつの足音が路地を駆けていき、やがて消えた。

三

若い火消し人足が去ったあと、岩造の家からは物音ひとつしなくなっていた。

隣のお勝の家も静かだが、三人の子供たちは夜具《やぐ》を敷いて、寝る支度をし終えた時分に違いない。

「そんなとき、同じ『一六屋』の下働きをしていた兼次郎《かねじろう》さんから、一緒に江戸に行かないかと持ちかけられたんだよ」

岩造の家から若い者が去って静かになるとすぐ、治兵衛が口を開いた。

江戸か高崎《たかさき》辺りに出て一旗《ひとはた》揚《あ》げたいという思いを、治兵衛はかねがね洩らしていて、

「おれも、江戸に出ていこうかと思うんだ」

そんな声が掛かったという。

江戸行きを目論《もくろ》んでいたと言うだけあって、兼次郎の手立てはすでに細かく出来ていた。

たびたび行田に来て、『一六屋』など何軒かの足袋屋で集めた品を江戸に運ぶ足袋問屋の手代が、日本橋の足袋屋『弥勒堂《みろくどう》』に口を利いてくれることになっていると、治兵衛は兼次郎から聞かされたという。

しかも、

「もしかしたら、治兵衛という男と二人になるかもしれない」

ということも、手代を通して足袋屋『弥勒堂』には伝えてあると打ち明けられたのだ。

とんとん拍子《ひょうし》に話は進み、ひと月の間に、兼次郎は江戸行きの舟の手配まで済ませてしまった。

「『一六屋』に話をしても、奉公する際に請け人《うけにん》になってくれた人や、旦那たちの許しを貰うのは難しいから、逃げ出すようで後ろめたいが、親兄弟にも知らせずにことを運ばなくちゃならない」

行田を去るにあたり、治兵衛は兼次郎からそう釘を刺されたのだった。

「江戸へ行くその舟の船頭を務めたのが、わたしの親父の定吉でした」

友市が治兵衛の昔話に口を挟むと、

「二十年以上前のことですから、生まれてもいないその時分のことなんかわたしは知りません。治兵衛さんを江戸に乗せていったという話を親父から聞いたのは、ついひと月ほど前のことです」

そう打ち明けた。

友市が聞いた話によれば、治兵衛が江戸に発《た》つ日の夜明け前、定吉は兼次郎に言われていた通り、荒川《あらかわ》の岸辺に舟を着けて待ったのだという。

ところが、荒川の岸辺に現れたのは治兵衛一人だった。

「兼次郎さんは、昨夜から熱を出して動けなくなったので、治り次第歩いて追いかけるつもりだから、おれだけ先に行くようにって言付けが届いたんです」

その朝、治兵衛からそんな話をされたと、定吉は友市に語ったのである。

「親父は、治兵衛さん一人を乗せて荒川を下り、千住大橋《せんじゅおおはし》の南の袂《たもと》で下ろしたとも言ってました」

「あぁ、そうだったよ」

治兵衛が、しみじみとした声で、友市の話に応《こた》えると、

「あの日は盆の送り火の日だった。秋とはいえ、千住に着くまで真夏のような日に照りつけられて、焼けるように暑い思いをしたことを覚えている。橋の袂で舟を下りて、荒川を上っていく定吉さんの舟を見送ってから、宿場の人に道を聞いて、江戸の日本橋横山町《よこやまちょう》に向かったんです」

遠くを見るような目つきをして語り始めた。

日本橋への道筋を聞いたものの、簡単には進まなかったという。

道に迷って通りがかりの若い男に道を尋ねたが、早口の江戸言葉をうまく聞き取れずに閉口した治兵衛は、年の行った老婆に尋ねることにして、やっとのこと

で浅草まで歩くことができた。

だが、道に迷い、疲れと足の痛みで進めず、その日は浅草御蔵《あさくさおくら》近くで日暮れを迎えることになり、寺の鐘楼《しようろう》に入り込んで寝た。

翌朝、夜明けとともに目覚めた治兵衛は、その日も道を尋ねながら、やっとのことで日本橋横山町の足袋屋『弥勒堂』に辿《たど》り着いたのである。

しかし、「行田から奉公に来た治兵衛です」と名乗っても、『弥勒堂』の番頭はきょとんとするだけだった。

そこで治兵衛は、足袋を買いつけに行田に来ていた江戸の足袋問屋の手代の口《くち》利《き》きで、『弥勒堂』に奉公することになっているという事情を話し、自分の名と兼次郎の名を告げたのだが、

「わたしどもでは、足袋問屋に頼らず、『弥勒堂』の手代が行田に行って、直《じか》に足袋を作っているお店から買い取っておりますから、あなた様が仰るような『一六屋』さんも足袋問屋の手代というお人も、まったく存じ上げないのでございますよ」

対応していた番頭は、『弥勒堂』の仕入れの仔細《しさい》について丁寧《ていねい》に伝えると、憐《あわ》れむような眼で治兵衛を見た。

兼次郎が話してくれたことが、実際はまったく違っていたということにすっかり混乱した治兵衛は、なんとか雇ってもらえないかと懇願《こんがん》したのだが、番頭が首を縦《たて》に振ることはなかった。

「仕方なく、表へ出ていこうと振り向いたところで、わたしは気を失ったようです。眼が覚めたときは、明かり取りから日の光の射し込む、『弥勒堂』の物置小屋でした。旅の疲れに加えて昨夜から飯も食わずにいたと知って、女中さんが台所から粥《かゆ》を持ってきてくれました。食べながら、わたしは泣けて泣けて。声を上げて泣いていると、先刻の番頭さんがやってきて、『弥勒堂』の旦那さんの許しも出たので、下働きでいいならしばらく置いてやると言ってくれたんです。それが、二十五年前、わたしが二十のときでしたよ」

そこで小さく息を継《つ》ぐと、

「だがね。あのとき、兼次郎さんがどうしてわたしに『弥勒堂』で働けるなんて言ったのか、今でもわからなくてねぇ」

そのときのことを思い出したのか、苦笑いを浮かべた治兵衛は、そっと目尻を指先で拭った。

どこかで犬の遠吠《とおぼ》えがした。

すると、鐘の音が微かに届き始めた。

五つ（午後八時頃）を知らせる上野東叡山の時の鐘である。

鐘の音がふたつ鳴ったとき、治兵衛は不意に顔を上げると、

「小糸さんは、年は、いくつで――？」

恐る恐る問いかけた。

「十八になりました」

「あぁ。お福さんは、わたしが江戸に出ていったあと、縁付いたんだねぇ」

治兵衛は安堵《あんど》したように、小さく何度も頷いた。

「でも、治兵衛さんが行田からいなくなっても、おっ母さんは気丈にしていたようだけど、ふとしたときに、涙ぐんでる姿を何度か見かけたって、お滝さんは言ってました」

「でもそれは――」

そこまで言いかけたものの、治兵衛はそのあとの言葉を呑み込んだ。

その涙は、自分とは関わりのないことだよ――そう言おうとしたのだろうか。

「そんなおっ母さんに近づいてきたのが、『一六屋』で働き続けていた兼次郎さんだったと、最近になってお滝さんから聞きました」

「なんだって」

大きく口を開けた治兵衛は、掠れたような声を洩らした。

「江戸に行った治兵衛さんから、お福さんのことをよろしく頼むと託されたと言って、あれこれ気配りをしていたそうです」

小糸がそこまで口にすると、

「そんなこと、わたしは言った覚えはありません。熱が引いたら江戸に向かうと言った兼次郎さんに、どうしてそんなことを頼めますかっ」

治兵衛は声を絞《しぼ》り出した。

「やっぱりそうですか」

黙って話を聞いていた友市が、静かに口を開いた。

「やっぱりというと――？」

思わずお勝が問いかけた。

「おれは、『一六屋』の縫い子をしていたお福さんの娘の小糸ちゃんと夫婦になりたいと、ひと月半前、親父に打ち明けたんです。親父は小糸ちゃんのことは知ってたし、そりゃいいと言ってくれたんです」

友市は少し改まった。

そして、嫁取りの許しを得てから半月ほどが経った夜、囲炉裏端《いろりばた》で酒を飲んでいた父親の定吉が、昔話をしたと友市は語り始めた。

江戸へ行く治兵衛を舟に乗せて荒川を下った定吉が、千住大橋の袂で下ろしてすぐ行田へと引き返した日から起きた奇妙な出来事を、朧《おぼろ》になった記憶をひとつひとつ辿るように話したという。

奇妙というのは、行田を去る日、にわかに熱を出してしまって舟に乗らなかった兼次郎のその後の動きのことだった。

盆の送り火の翌日、治兵衛を千住に送り届けたことを知らせに『一六屋』に行くと、

「昨日から治兵衛の姿が見えないと言って、『一六屋』は大騒ぎだよ。おれも治兵衛の行方を聞かれたが、昨日は一日中、宿外れの賭場《とば》にいたから知らないと言うしかなかったさ」

兼次郎は、酒臭《さけくさ》いにおいをさせてそう言うと、小さく笑った。

「昨日は熱があったと聞いたが」

「うん。あの熱はすぐに引いたよ」

兼次郎は、定吉の問いかけにも平然と答えた。

しかし、熱が下がったらすぐに治兵衛のあとを追いかけると言っていた兼次郎は、ひと月経ってもふた月経っても、『一六屋』に居続けていると知って、定吉は首を傾げるしかなかった。

「それから一年が経った頃、お父っつぁんは、兼次郎さんとお福さんが所帯を持ったことを知ったそうです」

友市が言葉を添えると、

「なんだって」

治兵衛の声はちゃんとした言葉にはならず、掠れた音となって洩れ出た。

「おれはそこで初めて、兼次郎って奴が信用ならなくなったんだよ」

ひと月前の夜、友市にそう吐露《とろ》した定吉は、

「横恋慕《よこれんぼ》した兼次郎が、治兵衛さんをお福さんから引き離そうとした謀《はかりごと》のような気がしてるんだよ」

とも吐き出した。

奉公先から無断で逃げ出せば、雇い主の思惑次第では役人に届けが出されることもある。もしそうなれば、治兵衛は人別帳《にんべつちょう》から除かれて無宿人《むしゅくにん》の烙印《らくいん》を押されることにもなる。

江戸へ行ってもまともな仕事には就《つ》けず、宿にも泊まれず、およそ人扱いをされない境遇になる。

無宿人になった治兵衛は、知人も多く、狭い行田ではかえって生きにくく、故郷に帰りたくても帰れない仕儀《しぎ》に立ち至る。

兼次郎が描いた絵図に、治兵衛はまんまと嵌《は》まったのではないかと、定吉は推測していたようだと、友市は打ち明けた。

「そりゃ、お福さんとはいい仲だったが、兼次郎さんは何も、わたしを騙《だま》さなくても、遠慮しなくても、お福さんに思いを伝えることはできたはずじゃないか」

「治兵衛さん、人の心というものは理屈通りにはいきますまい。お福さんとの仲のよさは周りにも知れていたようですし、あとから割り込んでお福さんに横恋慕する者にしてみれば、治兵衛さんさえいなければと、悪だくみを思いついても不思議じゃありませんよ」

お勝は静かにそう言うと、

「お福さんが、治兵衛さんの江戸行きに何も言わなかったと仰いましたけど、それは、言いたいことは山ほどあったのに、言えなかっただけだと思いますよ。好いた人が離れていくのを、誰が平気で送り出せますか。理屈通りにはいきませんよ。だからお福さんは、人目を避けるように泣いていたんじゃありませんか」

　努めてやんわりと異を唱《とな》えた。

「だったらなんで、お福さんは兼次郎さんと夫婦になんか――――！」

　治兵衛の口から、抑《おさ》えていた思いが弾けた。

「おっ母さんを悪く言うのはやめてください」

　小糸がせつなげな声を発すると、

「おっ母さんには、そうしなきゃならないわけがあったんです」

　低く凛《りん》とした声音《こわね》で、何か言おうとした治兵衛の口を閉じさせた。

　誰もが口を閉じた家の中に、猫の鳴き声が微かに届いた。

　それも一瞬で、

「治兵衛さんが行田を出て三月《みつき》が過ぎた頃、おっ母さんは身籠《みご》もっているとわかったそうです」

　小糸が淡々と告げると、治兵衛が体を強張《こわば》らせたような気配がした。

「お福ちゃんは、前々から所帯を持とうと言い寄っていた兼次郎にそのことを打ち明けて、断ろうとしたんだよ。だけど、お福の腹の子はおれの子だと思うことにするなんて兼次郎は言い張ってね。そしたら、お福ちゃんは迷った末に兼次郎の女房になると決めたらしいよ。きっと、気弱になっていたんだね」

小糸に昔話をしたお滝は、そう述懐《じゅっかい》したという。

お福は、親兄弟に腹の子の父親は兼次郎だと偽《いつわ》って、翌年の春に『はる』と名付けた女児を産み、その年の夏に身内だけで祝言を挙げたのである。

「喉《のど》が渇きましたね。うちから白湯《さゆ》を持ってきますから、少しお待ちを」

そう言うと、お勝は土間の框から腰を上げた。


「船頭の友市さんは、ときどき『一六屋』の荷を舟で運んでくれていたので、前々から顔見知りでした」

湯呑《ゆのみ》の白湯をひと口飲むと、小糸は尋ねたお勝にそう返事をした。

隣の我が家に戻ったお勝は、湯釜《ゆがま》に残っていた白湯を土瓶《どびん》に移し、盆に載せた湯呑とともに治兵衛の家に戻ってきたのだ。

白湯を注ぎ分けて三人の前に置くと、お勝も元の場所に腰掛けて渇いた喉を潤《うるお》したばかりだった。

いい仲になった友市と夫婦約束をした小糸は、ひと月ほど前、初めて定吉と対面を果たしたのだった。

「そしたら、親父が嬉しげにしたもんだから、つい酒を飲ませてしまいまして」

友市は苦笑いを浮かべた。

悪い酒ではないのだが、定吉は口が軽くなる恐れはあった。

「あんたのおっ母さんも父親の兼次郎さんも死んで久しいから言うが、おっ母さんのお福さんには、若い時分、治兵衛といういい仲の男がいてね」

案の定、酔った定吉は言わなくてもいいことを小糸の前で口を滑らせてしまった。

「友市さんのお父っつぁんは、すぐになんでもないと話を逸《そ》らしたけど、帰ってからも気になって、わたし、昔のおっ母さんのことを知ってるお滝さんに、治兵衛という人のことを聞いたんです。初めはなんでもないとか、よく知らないと言っていたお滝さんも、とうとう、江戸に行った治兵衛さんとのことや、わたしの母が父親の兼次郎と夫婦になった経緯《いきさつ》を話してくれたんです」

小糸は、此度《こたび》、江戸の治兵衛を訪ねる気になった端緒《たんしょ》を口にした。

「死んで久しいって、お福さんは、死んだのかい」

尋ねた治兵衛の声は、震えていた。

「はい。十年前に」

小糸は、小さな声で答えた。

「治兵衛さん」

声に出してお勝が治兵衛を見ると、凍りついたような顔で虚空《こくう》を見つめている。

「わたしが生まれる二年前には、六つになっていたおはる姉さんが流行《はや》り病《やまい》に罹《かか》って死んだと聞いてます」

「それはつまり、治兵衛さんが江戸に行った翌年に産んだという、おはるさんという娘さんのことですか」

思わずお勝が身を乗り出すと、小糸は小さく頷いた。

すると、治兵衛はさらに凍りついたように体を強張らせる。

ため息をついたお勝は、

「それで、お父っつぁんの兼次郎さんは」

話を変えようと、静かに小糸に問いかけた。

「わたしが物心ついた頃はもう、おっ母さんとお父っつぁんの間は冷えきっていました。というより、父の兼次郎は、いつも牙《きば》を剝《む》いていて、何かというとすぐにおっ母さんを怒鳴りつけては叩き、おはるも小糸も、おれに似てないのはどうしてだとみんなが言ってると喚《わめ》いては、おっ母さんを足蹴《あしげ》にしていました。死んだおはる姉さんが似てないのは父親が違うから当たり前なのに、そのことでもおっ母さんをいたぶっていたと、最近になって、お滝さんから聞きました」

「ウウウ」

俯《うつむ》いた治兵衛は唇《くちびる》を嚙《か》み、怒りのようなものを吐き出そうとしたが言葉にはならず、ただ低い呻《うめ》き声が洩れ出ている。

「お父っつぁんは、わたしの顔かたちが自分に似ないでおっ母さんにそっくりだと言っては、わたしにもきつく当たっていました。あげくには、小糸はおれの子じゃないんじゃないのか、江戸の男を呼び寄せて孕《はら》んだ娘じゃないのかとなじった末に、家を飛び出していきまして、それきり、戻ってはきませんでした」

感情を押し殺したような顔でそう言うと、小糸は俯いて大きく息を吐いた。

「あとでわかったことですが、兼次郎さんは、家を飛び出してから半年後に、熊《くま》谷《がや》の賭場で、土地の博徒《ばくと》同士の喧嘩《けんか》に巻き込まれて刺し殺されたということです」

そう話を継いだのは、友市だった。

「おっ母さんはそれを機に、一度身を引いていた『一六屋』の縫い子に戻りました。でも、わたしとの暮らしを立てるため、働きづめだったおっ母さんは血を吐いて倒れ、十日後に死にました」

小糸が抑揚《よくよう》のない声を出すと、顔を伏せていた治兵衛から息を吞む音がした。

「そのとき八つだったわたしは、お滝さんの家に引き取られていきました。お滝さんの二人の子供は、同じ行田や深谷《ふかや》の住み込み奉公に出ていて、わたしは、お滝さん夫婦から、我が子のように可愛がられて過ごすことができたのです」

「そりゃあ、いい人がいてよかったじゃないか」

お勝は、腹の底から安堵の声を押し出した。

「はい。お滝さん夫婦のおかげで、寂しい思いもしなくて済みました。でも、それに甘えてばかりはいられませんでした」

小糸は、十二になるのを待ってお滝の家を出ると、母親のお福と同じ足袋屋『一六屋』の縫い子になって、住み込み奉公をすることにしたのだと口にした。

四

小糸が己の境遇を話したあと、治兵衛は項垂れたまま、一言も声を発しなくなった。

『ごんげん長屋』からも近隣からも聞こえていた人の声や水を使う音も、いつの間にか聞こえなくなっていた。

治兵衛の隣のお勝の家でも、三人の子供たちは眠りに就いたのかもしれない。

「小糸ちゃん、あれは持ってきてるんだろう」

友市の問いかけに頷いた小糸が、懐《ふところ》に手を差し入れて、小さな守り袋を取り出した。

「友市さんとの祝言が決まった半月前、わたしがお滝さんの家に行くと、嫁入り道具だから持ってお行きって、押し入れから古い鏡台を出してくれたんです」

小糸はそのとき、きょとんとしていたが、

「この鏡台は、あんたのおっ母さんが使ってた鏡台なんだよ。死ぬ二、三日前、見舞いに行った帰り、お福ちゃんが呼び止めて言うんだよ。なんにもお礼ができなくて申し訳ないから、せめてあれをわたしの形見だと思って、持っていってくれって、部屋の隅のこの鏡台を指でさしたんだ。形見だなんて冗談じゃないよって断ったら、先々、小糸がどこかに縁付くことがあったら、みすぼらしくてすまないけど、嫁入り道具にしてもらいたいんですよって――それで、わたしが今まで預かっていたんだよ」

お滝は鏡台の謂《いわ》れを聞かせてくれたという。

「嫁入りの支度なんて大したことはありませんでしたけど、荷物の片付けをしていたとき、嫁《とつ》ぎ先に持っていくおっ母さんの鏡台の掃除をしていたら、引き出しの奥に挟まっていた紙切れを見つけました」

そう言うと、小糸は、守り袋の中から小さく畳《たた》んだ紙を取り出して、

「それが、これです」

静かな声とともに、畳んだ紙を治兵衛の前に差し出した。

「え」

声にならない声を出した治兵衛は、わずかにぎくりと身を引いた。

「おっ母さんがしまっていた、文《ふみ》です」

その声を聞くと、治兵衛は眼を見開き、その眼をゆっくりと小糸に向けた。

小糸は『どうぞ』と言うように、ゆっくりと頷く。

すると、治兵衛の手がおずおずと伸びて、差し出された文を受け取る。

震える手でぎこちなく文を広げると、治兵衛は文面に眼を凝《こ》らした。

「行田を出て、早くも半年が、経ちます」

掠れながらも、治兵衛は声にして読み始めた。

「お福さん、江戸に着いてすぐ困ったことが起きてしまいました。奉公できると思っていたお店には話が通っていなかったのです。でも今は、日本橋横山町の『弥

勒堂』という足袋屋の下男になって働いています。ここで奉公を続け、ゆくゆくは一端《いっぱし》の商人になるつもりです。そのときまで国には帰りません。でもおれが、行田に帰ることができる頃には、お福さんは誰かの女房になって、子の母親になっていることだろう。でも、そんな姿を、遠くからでもひと目見ることができたら――」

そこで、治兵衛の声が途切れた。

眼は文面を追っていて、口は開けるのだが、声が出ない。

小糸が、ゆっくりと手を伸ばし、治兵衛の手から文を貰い受けた。

「ひと目見ることができたら、おれは嬉しくて、きっと泣くに違いない。いつになるか知れないが、その日が来るのを待っていてください」

小糸は文から眼を離すと、

「最後に、一文字、『治』と書いてありますけど、これは治兵衛さんの『治』ということですね」

そう言うと、文を治兵衛の膝元に置いた。

治兵衛は、文を見ることもなく、小さく頷く。

「わたし、つい最近、治兵衛さんの名を知ってからのことですけど、治兵衛さんの『治』は、『はる』とも読めるんだということを知りました。そしたら、わたしが生まれる前に死んだ姉さんの名が、『おはる』だということに思い当たりました。おっ母さんは、誰にも知られないよう、『治』という字は使わずに、姉さんを『はる』と名付けたんではないかと思ってます」

『治』というその文字は、首を伸ばしたお勝の眼にも映《うつ》った。

その眼を少し動かすと、俯いて固まっている治兵衛が背を丸めていた。

「文を鏡台の引き出しの奥にしまい込んでいたおっ母さんは、治兵衛さんの江戸行きは止めなかったものの、近いうちに帰ってきてくれるのではと、心のどこかで待っていたような気がします。ひとかどの商人になりたいという治兵衛さんの思いが叶うことを願いながらも、行かせたくなかったという思いもせめぎ合っていたとしたら、可哀相《かわいそう》で――」

小糸が声を詰まらせて顔を伏せると、項垂れた治兵衛から、低く「くくく」と鳴咽《おえつ》のようなものが聞こえた。

「わたしは何も、治兵衛さんを責めようとか恨《うら》みをぶつけようと思って江戸に出てきたんじゃないんです。おっ母さんの思いを、治兵衛さんにもお知らせしようと思って。だって、思いを抱え続けて生きて、誰にもなんにも言わず死んでいったとしたら、おっ母さんが可哀相すぎますから」

小糸の声に、俯いた治兵衛は、うんうんと頭を上下させた。

土間から板の間に上がったお勝は、土瓶の白湯を一同の湯吞に注ぎ終えると、その場に膝を揃え、

「さっきの話だと、治兵衛さんが江戸で奉公したのは、日本橋の『弥勒堂』という足袋屋ということですが、今日、友市さんが現れたのは根津権現門前町の『弥勒屋』というのは、いったい――」

先刻から気になっていた不審を口にした。

「あぁ」

大きく頷いた友市は、

「二十五年前、千住大橋まで舟に乗せていった親父が、治兵衛さんが目指したのは日本橋横山町の『弥勒堂』だと聞いていたもんですから、おれたちはまずそこに行ったんです」

お勝にそう答えた。

「そしたら、『弥勒堂』のお人が、治兵衛さんは、二十年も前に暖簾分けをした番頭さんが開いた、根津権現門前町の『弥勒屋』という足袋屋についていったと

いうことだったので、こちらに来るのが夕刻になってしまったんです」

小糸が、この日の経緯を静かに述べた。

「お勝さん、いきなり飛び込んでいった横山町の『弥勒堂』で、商《あきな》いというものを一から教えてくれたのが、その当時番頭だった、徳右衛門さんなのですよ」

「あぁ」

治兵衛の言葉に、お勝は思わず声を上げた。

「その徳右衛門さんが、暖簾分けを許されて、根津権現門前町で新たに『弥勒屋』という屋号で足袋屋の暖簾を掲《かか》げるときに、わたしを連れ出してくれましてね」

「そういうことでしたか」

得心して頷いたお勝は、大きな息を吐いた。

息を詰めて聞き入っていた昔話に、まるでけりをつけるような大きなため息だった。


『ごんげん長屋』を出た時分は暗かった東の空が、神田明神下の通りに差しかかった辺りで、少し白んできた。

人通りはまだ少ないが、あと四半刻もすれば、仕事に向かう人々の足音が賑やかに交錯《こうさく》する。

人気《ひとけ》の少ない通りを、友市とともに歩くお勝の前には、小糸と並んで歩く治兵衛の背中があった。

昨夜、治兵衛の家で話を終えたのは、四つ（午後十時頃）まで四半刻という頃おいだった。

小糸と友市は、荷物を預けている日本橋馬喰町の旅人宿《りょじんやど》『ひさご屋』に帰ると言ったのだが、

「今夜はもう遅いから、長屋にお泊まりなさい」

お勝がそう勧めた。

「明日は、夜が明けたら宿を出て、大川端に留めている舟で大川を遡《さかのぼ》って荒川に入り込むつもりでおりますから」

そう言って友市は申し出を断ったのだが、

「『ひさご屋』なら、馬喰町生まれのわたしが知ってる宿だから、一緒についていって、朝帰りしたわけを話してやりますよ」

お勝が強く勧めると、友市と小糸は応じてくれた。

お勝は、まだ起きていた大家の伝兵衛に頭を下げて、空いている一間を二人の

寝間に貸してくれるよう頼むと、快諾《かいだく》してくれたのである。

今朝早く起きたお勝は、暗いうちから朝餉の支度を済ませると、

「治兵衛さんの知り合いを送りに行くから、おっ母さん抜きで朝餉を摂っておくれ」

起こしたお琴にそう声を掛けてから、長屋をあとにしたのだった。

馬喰町の旅人宿に着くと、小糸と友市は荷物を取りに二階の部屋に上がった。

待っている間、治兵衛は二人の宿賃を払い、お勝は、宿の主人に収まっていた三つばかり年上の、昔の喧嘩相手と旧交を温めることができた。

「お待たせしました」

手甲脚絆《てっこうきゃはん》を着け、菅笠《すげがさ》を手にした小糸と階段を下りてきた友市が、「宿代を」と懐から巾着《きんちゃく》を出すと、

「お代はこちら様からいただきましたから」

宿の主が、治兵衛を指し示した。

「行こうか」

治兵衛は、何か言いかけた友市に、『礼なんかするな』とでも言うように、ことさら厳《いか》めしげな物言いをすると、先に表へと出た。

お勝たち三人は急ぎ宿を出ると、治兵衛に追いついた。

「舟は、大川端のどの辺りに」

「難波橋《なんばばし》の南の袂です」

友市が口にした辺りは、お勝はよく知っている。

薬研堀が大川と境を接している場所に架《か》かっている橋である。

「友市さん」

治兵衛が声を掛けると、

「はい」

返事をした友市は、少し先を行っていた治兵衛の横に並んだ。

「昨日は、『弥勒屋』に来たあんたに怒鳴ったりして、すまなかった」

治兵衛が友市に、ぶっきらぼうな物言いをした。

「行田から来たと聞いて、気が動転《どうてん》したんだよ。逃げるように江戸に出たわたしには、行田には顔向けできない人や謝らなきゃならない人ばかりいるから、そこから来たと聞いただけで、震えが起きたんだよ。許しておくれ」

治兵衛は、最後まで友市の顔を見ずにそう言うと、頷くように小さく頭を下げに動かした。お勝には、それが、治兵衛の詫《わ》びのように思えた。

日はまだ昇らないが、大川端一帯はすっかり明るくなっていた。

難波橋の袂に着くと、友市は岸辺の杭《くい》に縄で舫《もや》っていた川舟に飛び移った。

お勝と治兵衛と小糸は岸辺に立って、棹《さお》を差す友市が、船縁《ふなべり》を岸辺に着ける動きに眼を留めていた。

手慣れた棹さばきで岸辺に舟を着けると、

「いいよ」

友市は岸辺の小糸に片手を差し伸べた。

小糸はその手を摑《つか》み、舟に乗り移った。

「治兵衛さん、いろいろとすみませんでした」

小糸は頭を下げたが、

「いや」

治兵衛は、蚊《か》の鳴くような声を出しただけだった。

「お勝さん、お世話になりました」

小糸が声を掛けると、その隣に立っていた友市も深々と腰を折った。

「今度また、二人しておいでよ。そのときはもう、夫婦舟《めおとぶね》だろうけどね」

「はい」

小糸と友市が、お勝に向かって応えた。

「小糸さん」

治兵衛が声を掛けると、

「はい」

小糸はほんの少し岸辺に近寄った。

「これ」

赤白の水引《みずひき》を掛けた熨斗袋《のしぶくろ》を懐から取り出した治兵衛が、愛想《あいそ》もなく差し出した。

「あの」

小糸が躊躇《ためら》うと、

「何も言わず、持っていきなさい」

治兵衛は手を伸ばして、小糸の懐に袋を差し込んだ。

「友市さん」

小糸は困ったような顔をすると、友市に熨斗袋を見せた。

「嫁に行ったら、何かと物入りだ。二人の好きなように使ってもらいたい」

治兵衛は、水鳥の鳴き声の響く空を見上げて、ぶっきらぼうな物言いをした。

「二人とも、こういうご祝儀は遠慮しちゃいけないよ」

お勝が促すと、

「はい。遠慮なくいただきます」

友市が治兵衛に頭を下げ、その横で小糸もそれに倣《なら》った。

「さぁ、お行き」

治兵衛の声で小糸は舟の上に座り、艫《とも》に立った友市は岸辺に棹をつけて押し、川の真ん中へと舟の舳先《へさき》を向けた。

「治兵衛さん、一度、行田においでください」

遠ざかる舟から、小糸の声が届くと、

「あぁ」

治兵衛は咄嗟《とっさ》に応えたが、去りゆく舟には届きそうもないくらい、小さく掠れた声だった。

五

日が沈んで一刻（約二時間）近く経った根津権現門前町に、夜の帳《とばり》が下りていた。

お勝は、まだ明るいうちに子供たちと夕餉を摂ってから湯屋に行ったのだが、秋の日は釣瓶落《つるべお》としと言う通りだった。

手拭いやぬか袋、それに畳んだ湯文字《ゆもじ》を入れた湯桶《ゆおけ》を抱えたお勝が、思わず浴衣《ゆかた》の胸元を掻《か》き合わせた。夜ともなると冷えるこの時季、用心にと上《うわ》っ張《ぱ》りを羽織《はお》って湯屋に行ったのだが、思った以上に夜気《やき》は冷えていた。

商家の明かりや道端の雪洞《ぼんぼり》で明るい表通りから、小路《こうじ》へ入り込んだ途端、眼の前が暗くなる。

それもほんの一瞬で、すぐに眼が慣れると『ごんげん長屋』の家々からこぼれ出た明かりが井戸端を浮かび上がらせていた。

寝るにはまだ早い刻限だから、路地の両側の大方の戸に家の中の明かりが映っている。

「今帰ったよ」

お勝が戸を開けると、

「お邪魔してます」

土間の框に腰掛けていた治兵衛が、笑顔で会釈をした。

夜具は敷いていないものの、治兵衛の近くには寝巻に着替えたお琴、幸助、お妙が膝を揃えており、

「何ごとですか」

そう言いつつ、お勝は土間に足を踏み入れると戸を閉め、板の間に上がった。

「治兵衛さんが、これを」

お琴が、三人の前に置いてある桐《きり》の箱を指さした。

「お菓子だって」

そう言う幸助の顔には喜びがこぼれている。

「いえね。これからちょっとお勝さんにうちにおいでいただきたく、それで、留守をさせる子供たちに『柏屋《かしわや》』の求肥餅《ぎゅうひもち》を土産《みやげ》にと」

治兵衛が言う通り、桐の箱には表通りにある『柏屋』の焼印が押されていた。

「で、お話というのは」

「長くなるようなことじゃありませんが、ここだと、お子たちの眠りの妨《さまた》げになるかと思いますので、うちにおいで願えませんか」

治兵衛が畏まって頭を下げると、

「わたしたちのことは気にしないで、おっ母さんはお隣に」

お琴が大人びた物言いをした。

「じゃ、お邪魔しますかね」

お勝は腰を上げた。

「求肥餅は食べないから」

幸助から声が掛かるとすぐ、

「わかりきったこと、何でいちいちおっ母さんに言わなきゃいけないのよ」

間髪を容れず、叱《しか》りつけるお妙の言葉が飛んだ。


「こんな時分に、なんとも申し訳ありませんでした」

治兵衛は茶を注いだ湯呑をお勝の前に置き、もうひとつを自分の前に置くと、改まって頭を下げた。

お勝が隣の家に入るとすぐ茶の支度を始めたから、治兵衛は仕事を終えて『ごんげん長屋』に戻ると、早々に湯を沸《わ》かしていたと思われる。

「このたびは、お勝さんにはすっかり世話になってしまい、改めてお礼を申します」

治兵衛はもう一度頭を下げた。

「何も世話なんてことは――それよりも、芝居の筋書きのような治兵衛さんの昔話を知って、人にはそれぞれ、いろいろあるもんだなぁなんて、ついそんなことを思ってしまいましたよ」

お勝は、「いただきます」と呟くと、湯呑に手を伸ばした。

「お勝さん、わたし、『弥勒屋』の旦那に四、五日ばかり暇《ひま》をいただきましたので、明日にでも、行田に行ってみようかと思います」

「そりゃあいい」

ひと口茶を飲んだお勝は、感じ入った声を上げた。

「小糸さんにもお滝さんにも会って、死んだおはるとお福さんの墓参りをしないと、わたしには罰《ばち》が当たりますから」

「罰はともかく、身寄りのない江戸で、今まで独りで日を送っていた治兵衛さんにもお里があり、そこに縁者がいるとわかったんじゃありませんか。縁が繫《つな》がったんだもの、そこへ行って、もっと固く縁を結べば、これから先の生きる張りになるというもんですよ」

顔をわずかに伏せて聞いていた治兵衛は、やがて顔を上げると、ひとつふたつ、黙って頷いた。

お勝も小さく笑みを浮かべ、改めて湯呑を口に運んだ。

「お勝さん」

ひと口茶を飲んだ治兵衛が、静かに口を開いた。

「はい」

「昨日、友市さんと小糸さんをここに連れておいでになったとき、わたしが腰を抜かしそうになったのに、気づかれましたか」

「はい。ひどく驚いておいでだとは、わかっていましたが」

お勝は、小さく頷いた。

戸口の外に立った小糸に眼を向けた途端、治兵衛は驚いて、ぐらりとよろけた体を戸口の柱に片手をついて支えたのだ。

行田の足袋屋で縫い子をしていたお福の娘だと名乗ると、治兵衛はその場でくずおれそうになったのもはっきりと覚えている。

「母親のお福さんに似てたからでしょう」

お勝がそう言うと、

「それはあとになってわかりましたが、初めて小糸さんを見て驚いたのは、『常光寺』で見た勢至菩薩様のお顔によく似た顔が眼の前にあったからです」

治兵衛は小さく首を左右に振ると、密やかな声でそう言った。

「実は、二十六夜待ちの夜に勢至菩薩様のお姿を見たのですが、顔かたちはぼんやりとしていたんです。ところが、足袋を届けに行った『常光寺』で、勢至菩薩像のお顔を見て、二十六夜待ちの夜に見たお顔はこれだと確信したのです。しかも、その顔に見覚えがあったのですよ」

ほっと息をつくと、治兵衛は小さな声で続けた。

「誰に似ているかは、すぐにわかりましたよ」

様子がおかしいと心配する『弥勒屋』の主の徳右衛門には、「いつどこで見たのかもわからないが、たしかにどこかで見た顔だ」と治兵衛は告げたようだが、本当は初めから、お福に似ていると、すぐにわかったのだろう。

「初めて見た小糸さんの顔が、『常光寺』で見た勢至菩薩様のお顔と、またそっくりだったんですよ」

囁くように声を出した治兵衛は、お勝に向かって大きく頷いた。

「それはつまり、小糸さんは死んだおっ母さんとよく似ていたってことですね」

お勝が尋ねると、

「はい。二十六夜待ちで見た勢至菩薩様が、お福さんだったたんじゃないかと思います。昔を思い出してくれと、小糸さんをわたしのいる江戸に差し向けたに違いないと、今、そう思います」

「なるほど」

小さな声を洩らしたお勝は、そんなこともあるかもしれないと、そう思えた。

「お福さんの気持ちも知らず、自分の思いだけで突き進んだのは、結局のところ、わたしの身勝手でお福さんを捨てたということですから。そのことを、墓に参って詫びませんとね」

治兵衛はそう呟くと、揃えた両膝に手を置いて、顔を伏せた。

そのとき、上野東叡山の方から、五つ（午後八時頃）を知らせる時の鐘が微かに届き始めた。


八月も半ば近くになると、秋の深まりを感じる。

萩《はぎ》の名所がある亀戸《かめいど》や向島辺りには、見物の人が押しかけているという話が耳に入ってくる。

「おっ母さん、月見には団子を供《そな》えるんだろう」

お勝は昨夜、倅の幸助にそう尋ねられた。

「そりゃ毎年のことだもの。今年も団子は作るよ」

お勝の返答に、幸助の顔には笑みが広がったのだ。

中秋《ちゅうしゅう》には、団子の他に柿《かき》や栗《くり》も供えるのだが、幸助の関心ごとは団子にしかない。

「番頭さん、子供は十五夜の月なんかより、団子を食えるかどうかが一番ですよ」

蔵番の茂平は、幸助の話をしたお勝に、笑ってそう応えた。

十五日の月見まで、あと三日という質舗『岩木屋』の蔵の中である。

帳場を主の吉之助と手代の慶三に託したお勝は、茂平とともに預かり期限の迫った質草を見て回っていた。

足袋の『弥勒屋』の番頭をしている治兵衛が、主から暇を貰って行田に向かってから五日が経っている。

「番頭さん」

声を掛けながら蔵の中に顔を突き入れたのは手代の慶三で、

「ちょっと、帳場に来てください。お琴ちゃんが来てますから」

そう言うとすぐ、顔を引っ込めた。

「番頭さん、あとはいいですよ。おれが見ておきますから」

「そんなら、お願いしますよ」

お勝は茂平に声を掛けて、蔵を出ていく。

蔵を出たお勝は、ほんのわずか廊下を進んで帳場の板の間に行き着いた。

「何ごとさ」

お勝は、土間近くに立って、主の吉之助と笑顔でやりとりをしていたお琴に声を掛けた。

「お琴ちゃんは、団子の粉を買いに来たついでらしいですよ」

帳場格子《ちょうばごうし》近くに腰を下ろして、紙縒《こよ》りを縒《よ》り始めていた慶三から、陽気な声が上がった。

「今年の月見の団子は、お琴ちゃんが作ると張り切ってますよ」

吉之助が感心した顔でお勝を振り向いた。

「わたしはこっちですから、長屋の女衆に教わりながら作ってもらうことになってるんですよ」

「そりゃあ、頼もしいね」

「はい」

笑みを浮かべて、お琴は吉之助に大きく頷いた。

「それで、何か用事でもあったのかい」

お勝が改まると、

「あのね、隣の治兵衛さんが、半刻ばかり前に『ごんげん長屋』に帰ってきたの」

お琴は少し声を低めた。

「それで、どんな様子だい」

「にこにこして、いつもの治兵衛さんに戻ってる」

囁くようにお琴は答えた。

中天《ちゅうてん》に昇った秋の日が、わずかに西に傾《かたむ》いている。

根津権現門前町の通りを、下駄の音を立ててお勝が不忍池の方へと急いでいた。

昼過ぎに『岩木屋』から客が途切れたのを見計らい、吉之助の許しを得て、『ごんげん長屋』へと足を向けたのである。

表通りから小路に入り込んで長屋の井戸端に進んだお勝は、治兵衛の家の前に集まっている大家の伝兵衛をはじめ、お富やお啓、それに彦次郎とお琴の姿に眼を見開いた。

「治兵衛さんがどうかしたのかい」

お勝が声を掛けると、

「何か知らないが、長屋に残っている連中だけでも集まってもらいたいと言うもんでね」

伝兵衛はそう言うと、小さく首を捻った。

「あ。お勝さん、ただいま戻りました」

家の戸口から顔を突き出した治兵衛が、晴れやかな笑みを浮かべるとすぐ、いくつもの黒足袋を小脇に抱えて路地に出てきた。

「ええと、これは彦次郎さん。そしてこれは、大家さん。足形の似たお富さんとお啓さんにはこれとこれ。で、これがお琴ちゃんで、こっちがお勝さん」

治兵衛は、抱えていた黒足袋の大きさを見ては、詰めかけた住人一人一人に手渡すと、

「わたし、この五日ばかり武州の行田に旅をして帰ってまいりましたが、皆さんへの土産は行田名産の足袋がいいと思いましたので、どうかお使い願いとう存じます」

集まった住人たちに笑顔を振りまいた。

「治兵衛さん、これはありがたいよ」

お啓がそう言うと、

「ほんと。わたしら、めったに白足袋を穿《は》く折はないけど、冬を控えてこの黒足袋はほんとにありがたいね」

お富も相好《そうごう》を崩す。

「そう言っていただくと、この足袋を縫ったわたしの娘も喜びますよ」

「え、治兵衛さんには、行田にそんな娘さんがいたのかね」

お啓が素《す》っ頓狂《とんきょう》な声を出すと、

「いや、実の娘というか、わたしの娘のようなと言いたかっただけでして」

治兵衛は照れたように誤魔化《ごまか》したが、娘というのは、おそらく小糸のことに違いあるまい。

「しかし、なんだねぇ。行田に旅に出て足袋を土産にするなんて、治兵衛さんは面白いことを言うじゃありませんか」

「ほんとだ」

彦次郎がお富の言葉に同調すると、伝兵衛やお啓たちから笑い声が上がった。

「それじゃ、遠慮なくいただいていきますよ」

そう言って伝兵衛が立ち去ると、口々に礼を言って、お富やお啓と彦次郎もその場を去っていった。

「治兵衛さん、ありがとう」

お琴も礼を言うと、隣の家へと引き揚《あ》げていった。

「それで、お福さんの墓参りはできたので？」

残ったお勝が小さな声で尋ねると、治兵衛は頷き、

「小糸さんとお滝さんに案内してもらいました」

しみじみと囁いた。

「そりゃ、よかった」

「はい。これで、長年喉の奥につかえていたものが落ちた気がします」

そう言うと、治兵衛は小さく頭を下げた。

「あれだね。二十六夜待ちの夜、治兵衛さんは、阿弥陀三尊《あみださんぞん》の福を授《さず》かっていたのかもしれませんよ」

「そうかもしれません」

真顔になった治兵衛は、しみじみと口にした。

「気になって店を抜け出してきましたが、これで安心して『岩木屋』に戻れますよ」

それじゃ——お勝はそんな言葉を残して表通りへと足を向けた。

この先、『ごんげん長屋』の住人は足袋に不自由することはあるまい。

治兵衛はおそらく、年に一度は行田の小糸が縫った足袋を江戸に取り寄せて、長屋の連中に配るに違いないと思われる。

そのときの治兵衛の嬉しげな様子が眼に浮かび、歩きながらお勝はふっと笑みをこぼした。

この作品は双葉文庫のために書き下ろされました。

双葉文庫

か-52-11

ごんげん長屋《ながや》つれづれ帖《ちょう》【六】

菩薩《ぼさつ》の顔《かお》

2023年3月18日　第1刷発行

【著者】

金子成人《かねこなりと》

【発行者】

箕浦克史

【発行所】

株式会社双葉社

〒162-8540 東京都新宿区東五軒町3番28号

［電話］03-5261-4818(営業部)　03-5261-4868(編集部)

www.futabasha.co.jp(双葉社の書籍・コミックが買えます)

【印刷所】

中央精版印刷株式会社

【製本所】

中央精版印刷株式会社

【フォーマット・デザイン】

日下潤一

ISBN978-4-575-67151-3 C0193

Printed in Japan